WLADIMIR KAMINER & HELMUT HÖGE

Helden des Alltags

Buch

Der Gitarre spielende Alleinunterhalter, der Vorkoster russischer Spezialitäten aus der Rezeptsammlung »Sowjetische Kochkunst« aus dem Jahre 1947 und andere Menschen wie du und ich – das sind die »ganz normalen« Helden des Alltags, denen Wladimir Kaminer in seinen unwiderstehlich charmanten Geschichten voller einzigartiger Protagonisten, unvergesslicher Begegnungen und verrückter Abenteuer ein höchst vergnügliches Denkmal setzt.

Autor

Wladimir Kaminer wurde 1967 in Moskau geboren. Er absolvierte eine Ausbildung zum Toningenieur und studierte anschließend Dramaturgie am Moskauer Theaterinstitut. Seit 1990 lebt er mit seiner Frau und seinen beiden Kindern in Berlin. Kaminer veröffentlicht regelmäßig Texte in verschiedenen deutschen Zeitungen und Zeitschriften, hat eine wöchentliche Radiosendung und organisiert Veranstaltungen wie seine weithin berühmte »Russendisko«. Mit der gleichnamigen Erzählsammlung avancierte das kreative Multitalent über Nacht zu einem der beliebtesten und gefragtesten Jungautoren in Deutschland.

Die Bilder im Innenteil stammen aus dem Archiv von Helmut Höge. Höge, geboren 1947, arbeitete als Übersetzer bei der US Air Force und für einen indischen Zoohändler, der Elefanten in die DDR verkaufte. Später studierte er Sozialwissenschaften und arbeitete als landwirtschaftlicher Betriebshelfer in einer märkischen LPG. Zur Zeit ist er Wirtschaftskorrespondent für die »Tageszeitung«, »Freitag« und »junge Welt«.

Von Wladimir Kaminer bei Goldmann lieferbar:

Russendisko. Erzählungen (54175)
Schönhauser Allee. Erzählungen (54168)
Frische Goldjungs. Hrsg. von Wladimir Kaminer. Erzählungen von Wladimir Kaminer, Falko Hennig, Jochen Schmidt u. v. a. (54162)
Militärmusik. Roman (45570)
Die Reise nach Trulala (45727)
Mein deutsches Dschungelbuch (Manhattan-Hardcover, 54554)
Ich mache mir Sorgen, Mama (Manhattan-Hardcover, 54560)

Wladimir Kaminer
& Helmut Höge

Helden des Alltags

Ein lichtbildgestützter Vortrag
über die seltsamen Sitten
der Nachkriegszeit

GOLDMANN
MANHATTAN

Umwelthinweis:
Alle bedruckten Materialien dieses Taschenbuches
sind chlorfrei und umweltschonend.

1. Auflage
Originalausgabe November 2004

Die Nutzung des Labels Manhattan erfolgt mit freundlicher
Genehmigung des Hans-im-Glück-Verlags, München
Dieses Werk wurde
durch die Eggers & Landwehr KG vermittelt.
Umschlaggestaltung: Design Team München
Satz: DTP im Verlag
Druck: GGP Media GmbH, Pößneck
Verlagsnummer: 54214
TH · Herstellung: Sebastian Strohmaier
Made in Germany
ISBN 3-442-54214-6
www.goldmann-verlag.de

»Nicht der reaktionäre Professor,
der einfache Mensch ist unser Held.«

W. I. Lenin

Menschen und ihre Künste

Vor noch nicht allzu langer Zeit fand in Moskau ein Bettlerwettbewerb statt, organisiert von einer hauptstädtischen Kunstzeitschrift. Die Kunstwissenschaftler wollten damit herausfinden, wie zynisch oder auch romantisch die Moskauer sind. Ob man sie noch zum Weinen bringen kann, zur Rührung, und wem sie bereit sind zu helfen beziehungsweise wem nicht. Auch viele Journalisten nahmen, als Penner verkleidet, an dem Wettbewerb teil. Mit ausgedachten Geschichten liefen sie durch die Züge der Moskauer Metro, saßen in den unterirdischen Gängen oder einfach auf der Straße.

Der eine beklagte sich laut, seine Familie hätte ihn losgeschickt, um eine Waschmaschine zu kaufen, er habe aber das ganze Geld mit Freunden versoffen. Seine Frau würde ihn nun umbringen, wenn er ohne Waschmaschine und ohne Geld nach Hause käme. Die Moskauer gaben ihm nur wenig Unterstützung. Ein anderer Mann erzählte, sein einziger Sohn habe eine seltene Krankheit.

Um sie zu bekämpfen, müsse der Junge jeden Tag in frischem Bier gebadet werden, was aber für die Familie finanziell untragbar wäre. Zwei Männer gaben ihm Geld. Nebenbei erkundigten sie sich, was der Vater mit dem Bier mache, nachdem der Sohn darin gebadet habe, und ob diese seltene Krankheit ansteckend sei. Ein älterer Mann mit Brille und Hut, der den ganzen Tag mit einem Schild »Spendet für eine neue gerechtere Revolution« durch die Stadt lief, bekam so gut wie gar nichts.

Es gewann bei dem Wettbewerb schließlich der Mutigste: Der Mann saß bei minus fünf Grad halb nackt vor der großen Kirche der heiligen Gottesmutter. Sein Körper war mit zahlreichen Tätowierungen bedeckt, und um seinen Hals hing ein Schild: »Ich war ein Profikiller und will ein neues Leben anfangen. Kein Blut mehr vergießen. Brauche finanzielle Unterstützung.« Viele Passanten blieben bei dem Mann stehen. Sie fragten ihn, wie lange er als Profikiller gearbeitet, was er im Jahr verdient hätte und wie es hätte passieren können, dass er bei solchen Verdienstspannen nichts beiseite gelegt hätte. Er hätte einen gehobenen Lebensstil gehabt, auf den er dann dummerweise nicht mehr hätte verzichten wollen, antwortete der Exkiller verlegen. Eine Frau fragte ihn, wie lange er noch hier sitzen wolle. Sie habe kein Geld bei sich, könne ihm aber später ein bisschen was von zu Hause mitbringen.

»Ich habe kein Geld für Sie, höchstens einen Job«, sagte ein intelligent aussehender Mann mit Aktentasche in der Hand.

Der Exkiller winkte ab: »Ich will keine Menschen mehr umbringen.«

Der Mann mit der Aktentasche verschwand in der Menge.

»Geht der Direktor der Marathon-Bank zufällig auch auf Ihr Konto?«, fragte ihn eine alte Dame. Sie hatte ihre Geldbörse bereits in der Hand und wollte einen Geldschein herausziehen.

»Nein, den hat ein Kollege von mir auf dem Gewissen«, entschuldigte sich der Exkiller.

»Schade«, sagte die alte Dame und steckte ihren Geldschein wieder ein. Doch alles in allem bekam der Exkiller am meisten Aufmerksamkeit und Spenden. Es schien, als könnten sich die Moskauer am ehesten mit dem ewigen Bettlertraum vom Neuanfang identifizieren.

Gleiches gilt für die Berliner. Sollte hier jemals ein solcher Wettbewerb stattfinden, so würden ihn zweifellos die »Motz«-Verkäufer gewinnen. Unter ihnen verbergen sich einige wahre Talente. Besonders große Klasse ist Dr. Johnson, der täglich die U2 bewirtschaftet. Seine Ansprachen an das Volk fangen pathetisch an:

»Sehr geehrte Damen und Herren, liebe Bürger«, sagt der Doktor jedes Mal, wenn er einen Wagen betritt. »Sie sehen mich nun alle und denken, schon wieder so ein Penner, der unser Geld will. Und in gewisser Weise haben Sie damit Recht, meine Damen und Herren. Aber manchmal ist das Leben ein komisches Spiel. Und aus diesem Grund möchte ich Ihnen die Obdachlosenzeitung ›Motz‹ anbieten. Diese Zeitung kostet nur zwei Mark, eine Mark geht an die Obdachloseneinrichtungen der Stadt, und die andere geht persönlich an mich. Diese Mark, meine Damen und Herren, werde ich nicht für irgendwelche Drogen oder für Alkohol ausgeben. Sondern ...« An dieser Stelle rollt Dr. Johnson jedes Mal mit den Augen und überlegt sich genüsslich, was er so alles mit einer Mark anstellen würde. »Vielleicht kaufe ich mir ein Waschmittel, um meine Klamotten zu waschen, oder besser noch ein Shampoo. Vielleicht gehe ich sogar in die Sauna, um mich zu waschen, ich stinke ja schon, das können Sie doch riechen, meine Damen und Herren.«

Die so angesprochenen Damen und Herren bewilligen dem

Doktor gern den Kauf eines Shampoos. Gegen Abend läuft er schon ohne Zeitung durch den Zug und wirkt ein wenig aggressiv. Wahrscheinlich hat er doch das Falsche gekauft.

»Normalerweise verkaufe ich hier die Obdachlosenzeitung ›Motz‹«, schreit er die Fahrgäste an. »Aber heute mache ich eine Ausnahme und bitte Sie um eine Spende. Ich werde mir für dieses Geld keine Scheißdrogen und keinen Scheißalkohol kaufen. Vielleicht gehe ich einfach in ein Café. Vielleicht kaufe ich mir dort eine Zigarre und Likör, um mich ein bisschen zu entspannen. Vielleicht kaufe ich mir sogar eine Zeitung! Nicht irgend so eine Scheißobdachlosenzeitung, sondern eine richtige. Die ›Frankfurter Allgemeine‹ zum Beispiel oder einfach nur eine ›Allgemeine‹.«

Die Fahrgäste stellen sich vor, wie der Doktor ins Café geht, dort eine ›Allgemeine‹ und einen Likör bestellt und sich entspannt. Seine Sehnsucht nach Normalität ist ihnen nicht fremd. Viele spenden sogar großzügig.

Menschen beim Feiern

Einmal verschlug mich das Schicksal an die Spree. Dort, an der Ecke Schiffbauerdamm/Albrechtstraße, feierten die Neuberliner Bundesbeamten aus dem Rheinland in den dortigen Kneipen *Ständige Vertretung* und *Zum Kölner* sowie in einem Hinterhof-Festzelt ihren Karneval. Immer wieder kamen lustig verkleidete Männer und Frauen aus dem Zelt an die frische Luft, sahen sich vorsichtig um und griffen sich dann hinter einigen Baustellenabsperrungen Bierbüchsen und kleine Schnapsflaschen, die sie dort deponiert hatten. Gierig nahmen sie ein paar Schlucke und stürzten sich dann erneut ins Getümmel, um weiter ihre sinnlose Polonäse zu tanzen und wildfremden Menschen um den Hals zu fallen.

Diese Szene erinnerte mich an meinen Onkel. Jemand, der schlau genug ist und Durst hat, findet immer einen guten

Grund zum Feiern. Mein Onkel zum Beispiel, der in einem kleinen ukrainischen Kaff arbeitete, war ein sehr lebenslustiger Mensch. Als junger Mann hatte er einmal an den großen Feierlichkeiten anlässlich des fünfzigjährigen Jubiläums der großen sozialistischen Oktoberrevolution teilgenommen. Dieses Fest beeindruckte ihn so tief, dass er danach nicht mehr aufhören konnte zu feiern. Immer wieder versuchte er, zum normalen Alltag zurückzukehren, allein zwei Mal machte er eine Entzugstherapie, aber alles war umsonst. Mein Onkel war zum Feiern geboren, so wie andere Menschen zum Arbeiten oder zum Fliegen geboren sind. Er konnte nirgendwo auf Dauer arbeiten, wurde stets vorzeitig entlassen und gründete keine Familie. Dafür war er der lustigste Mensch in der ganzen Stadt, und alle mochten ihn.

Er lebte zusammen mit einer dicken Katze und einem spre-

chenden Papagei und hatte jeden Tag ein paar wichtige Gründe zum Feiern. Ihm fiel immer was ein. So konnte er bei der Nachbarin anklopfen und erzählen, seine liebe Katze habe heute Geburtstag, nun sitze sie den ganzen Tag in der Ecke und sei ganz traurig, weil keiner mit Geschenken vorbeikomme. Und er sei ausgerechnet heute knapp bei Kasse. Ob die Nachbarin ihm vielleicht einen Fünfer borgen könne, damit er in der Lage sei, ein paar anständige Geschenke für seine Katze aufzutreiben? Die Nachbarin gab ihm das Geld. Er ging sofort los und kaufte zwei Flaschen billigen moldawischen Portwein der Marke *Laubfall*, im Volksmund »V-Patron« genannt, wegen der ungewöhnlichen Form der Flasche, die einer Bombe ähnelte. Außerdem kaufte mein Onkel noch zweihundert Gramm Konfekt und einen Fisch für die Katze. Sie hieß Susanne und wusste wahrscheinlich nicht einmal, wann sie wirklich Geburtstag hatte, freute sich aber trotzdem immer, wenn sie ein Geschenk bekam. Sie fraß den Fisch, mein Onkel leerte die Flaschen, der Papagei sagte: »Zum Wohl«, viel mehr konnte er nicht. Im Fernsehen spielte ein symphonisches Orchester »Bilder einer Ausstellung«. Das Leben meines Onkels war eine unablässige Abfolge von Festen, die nicht nach dem Kalender, sondern nach Lust und Laune gefeiert wurden.

Menschen beim Angeln

Als Kind hielt ich den Atlantischen Ozean für den interessantesten Ort der Erde. Mein Lieblingsbuch war »Kapitän Nemo, der Seemann«, und Seemann war auch mein Traumberuf. Wie Kolumbus mit einem Schiff den Ozean überqueren, den Stürmen trotzen und vielleicht bei der Gelegenheit ein paar unbekannte Inseln entdecken, weiße Flecken auf der Landkarte beseitigen. Ich wusste zwar, dass es längst weder unentdeckte Inseln noch weiße Flecken auf den Weltkarten mehr gab, trotzdem war ich mir sicher, dass alle übrig gebliebenen Wunder und Geheimnisse dieser Welt sich im Wasser befanden – wie beispielsweise das Ungeheuer von Loch Ness oder das Geheimnis des Bermuda-Dreiecks. Das Einzige, was mich von einer Karriere zur See abhielt, war die Angst vor Fischen. Diese kaltblütigen, schweigsamen und schlüpfrigen Wesen kann ich bis heute nur als Filet-

stück akzeptieren, am besten mit einer dicken Sauce oben drauf. Nicht Katzen, sondern Fische sind die fremdartigsten Lebewesen. Wir werden uns nie verstehen.

Fische sehen so ungefährlich aus, wenn sie in einem Fischgeschäft zum Verkauf ausliegen oder im Aquarium freundlich vor sich hin plantschen. Doch wenn sie kämpfen, gibt es kein Erbarmen. Ich weiß, wovon ich rede, denn ich habe schon als Kind gegen sie gekämpft. Mein Vater nahm mich oft zum Angeln mit. Während eines Urlaubs am Seligersee kam er einmal auf die Idee, nachts zu angeln. Dazu hatte er sich ein Schlauchboot geliehen. Kurz nach Mitternacht ruderten wir los. Im Seligersee gab es tatsächlich viele Fische, wir konnten sie selbst im dunklen Wasser sehen – und sie uns auch.

»Können Fische überhaupt sehen?«, fragte ich meinen Vater.

»Selbstverständlich«, meinte er, »sonst würden sie ja ständig gegen das Ufer knallen.«

Ich half meinem Vater beim Angelnauswerfen, hoffte jedoch, dass die Seligersee-Fische intelligent genug waren, nicht anzubeißen. Doch schon nach fünf Minuten hatten wir einen mittelgroßen Hecht am Haken.

»Toller Fisch!«, freute sich mein Vater.

Der Hecht schnappte im Boot noch ein paar Mal nach Luft und stellte sich dann tot. Nach fünf Minuten holte mein Vater den nächsten Hecht aus dem Wasser, der Neue legte sich brav neben seinen Kollegen und bewegte sich nicht mehr. Warum lassen sie sich so leicht fangen?, grübelte ich, die Hechte sahen nämlich kein bisschen dumm aus. Dann ging es aber richtig los: Jede Minute zog mein Vater einen neuen Hecht aus dem Wasser und warf ihn ins Boot, die Fische leisteten keinen Widerstand. Mir war das unheimlich.

»Wollen wir nicht wieder nach Hause fahren?«, versuchte ich meinen Vater zur Vernunft zu bringen. Aber der war nicht mehr ansprechbar, er wollte wahrscheinlich alle Hechte des Seligersees fangen. Der zwölfte, den er fing, benahm sich jedoch anders als die anderen: Er schlug mit dem Schwanz um sich und biss meinen Vater, der auf allen vieren im Boot hockte, ins Bein. Der Angriff kam völlig unerwartet. Gleichzeitig fingen die anderen elf Hechte im Boot an, wie verrückt herumzuspringen und alles zu beißen, was sie erwischten. Mit ihren scharfen Zähnen schafften sie es sogar, das Boot zu beschädigen. Mich bissen sie mehrmals in den Arm, als ich versuchte, sie von den Gummiwulsten wegzureißen. Mindestens fünf Hechte hatten sich an meinem Vater festgebissen.

»Wirf sie raus! Wirf sie alle raus!«, schrie er in Panik. Wir warfen alle Hechte über Bord und flüchteten ans Ufer. Unser Boot war voller Wasser, wir bluteten stark. Um uns herum tauchten lauter Luftblasen auf – tief unter uns amüsierten sich die Fische.

Menschen, die musizieren

Der Winter ist keine gute Zeit für Straßenmusikanten. In den kalten, nassen Monaten gehen die meisten von ihnen in den Untergrund. Sie spielen in unterirdischen Gängen, auf großen Bahnhöfen oder in der U-Bahn. Nur besonders widerstandsfähige Musiker und Russen trauen sich im Winter auf die Straße in der Hoffnung, dass ihr freiwilliger Einsatz von der Bevölkerung besonders großzügig gewürdigt wird.

So sitzt zum Beispiel bei uns auf der Schönhauser Allee neben der Deutschen Bank und vor der Apotheke ein russischer Akkordeonspieler. Oft spielt er gar nicht, sondern hält einfach nur das Instrument in der Hand und lächelt die Fußgänger an. Manchmal aber, besonders bei sehr niedrigen Temperaturen, bekommt er richtig Lust und legt ordentlich los. Ansatzweise kann man dann sogar verschiedene Melodien unterscheiden, doch alle enden in einem unwillkürlichen »Donau-Walzer«, der dann einfriert und sich in Stille auflöst. Seine Musik kommt nicht besonders gut rüber. Im Januar, als vor der Sparkasse und der Deutschen Bank große Schlangen standen, konnte mein Landsmann jedoch vom allgemeinen Euro-Umtauschwahn profitieren. Er war von Menschenmengen umgeben. Nach zwei Wochen verflüchtigte sich aber die Schlange, und der Akkordeonspieler saß wieder allein da.

Eine Weile gaben drei Jungs, rundum in Intifada-Tücher eingewickelt, Konzerte – hundert Meter vom Akkordeonspieler entfernt. Sie spielten Gitarre und schrien dazu irgendetwas auf Arabisch. Die alten Frauen auf dem Weg zum Supermarkt bekamen einen Schreck, als sie die Jungs sahen. Wahrscheinlich dachten sie, es wären Terroristen. In Wirklichkeit waren es dieselben Punks, die sonst immer auf der Schönhauser Allee saßen. Die Pseudoaraber konnten weder singen noch spielen und hatten nur das Ziel, die alten Frauen in Angst und Schrecken zu versetzen.

Und dann stand eines Tages direkt vor den Schönhauser Arcaden ein Musiker, an dem nun wirklich nichts auszusetzen war. Er bereitete seine Auftritte gründlich vor und hatte einen Stuhl, eine E-Gitarre sowie einen kleinen Verstärker bei sich. An seiner Baseball-Mütze hing ein Mikrofon. »Blowing in the Wind«, »Universal Soldier« und »Give Peace a Chance« gelangen dem Mann hervorragend, seine Stimme kam dem jeweili-

gen Original sehr nahe. »Wegen ein paar Idioten führen wir doch keinen Krieg«, stand auf einem Karton vor seinen Füßen. Viele Passanten blieben stehen und gaben ihm Geld. Auch wir unterstützten diesen Sänger immer wieder gerne, denn anders als die übrigen hatte er eine Botschaft. Er wurde schnell zum meistbeachteten Straßenmusiker auf der Schönhauser Allee.

Einmal sprachen ihn zwei Polizisten an, sie wollten seine Papiere sehen. Der Mann sang gerade »Universal Soldier«. Nun legte er seine Gitarre zur Seite und zeigte seine Papiere. Das Lied lief jedoch währenddessen immer weiter. Als die Polizisten weg waren, holte der Musiker einen kleinen Kassettenrekorder aus seiner Tasche, spulte das Lied zurück und nahm die Gitarre wieder in die Hand, als wäre nichts passiert. Ich war jedoch entsetzt und hätte am liebsten mein Geld wieder aus seiner Tasche geholt. Es war gar nicht er gewesen, der da gesungen hatte, sondern der wahre Donovan. Der Musiker war nur eine Puppe.

»Er hat uns die ganze Zeit verarscht«, schimpfte ich.

Menschen, die kochen

Die Tatsache, dass nicht nur der Mensch, sondern auch jede Suppe eine nationale Identität hat, wurde mir erst in Deutschland klar. Denn früher, zu Hause in Moskau, kochte meine Mutter zwar auch immer international, wusste das aber gar nicht. Zum Beispiel Buletten mit Pellkartoffeln: Manchmal gab es statt Kartoffeln Reis, doch das hieß bei uns dann nicht gleich »chinesisch essen«, sondern »Kartoffeln sind alle«. In Berlin spielt dagegen die Herkunft des Rezepts eine sehr wichtige Rolle. Nicht nur in Restaurants, auch wenn unsere Freunde zu Hause kochen und uns einladen, sagen sie immer: »Wir kochen italienisch« oder »mexikanisch« und manchmal sogar ganz exotisch »deutsch«.

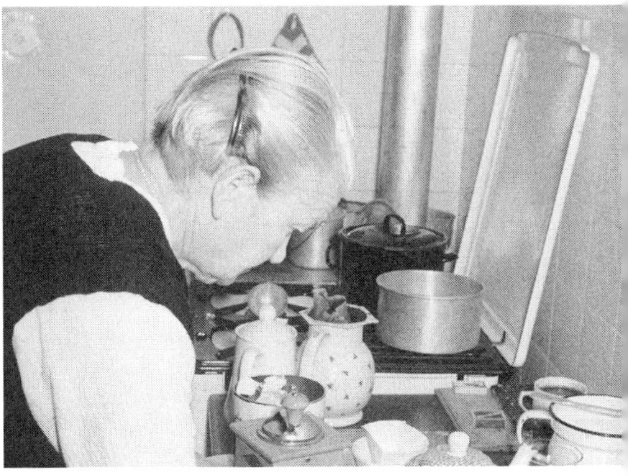

Vor kurzem waren wir auf einer solchen Party bei einem Pärchen, das gerade dabei war, die thailändische Küche auszuprobieren und dabei ein mir unbekanntes, aber sehr scharfes Gewürz benutzt hatte. Alle anderen Gäste am Tisch wussten wahrscheinlich Bescheid und kosteten deswegen so vorsichtig davon, so als handelte es sich um eine psychedelische Droge. Ich hatte dagegen nicht aufgepasst, und nach kurzer Zeit brannten mein Rachen und mein Hals höllisch. Um die innere Flamme zu löschen, griff ich immer häufiger nach der Weinflasche und verzichtete auf den ebenfalls thailändischen Nachtisch. Doch das nutzte wenig. Dennoch erlaubte ich mir keine kritischen Meinungsäußerungen über die hier offensichtlich missbrauchte thailändische Küche. Von den Gastgebern wurde ich trotzdem verspottet:

»Typisch Russen«, zeigten sie mit dem Finger auf mich, »sie kennen nur ihren Borschtsch mit Wodka, und alles, was pikanter als eine Salzgurke ist, lehnen sie ab.«

»Ihr habt doch keine Ahnung von der russischen nationalen Küche!«, widersprach ich. »Alles nur Vorurteile und Klischees!«

Diese Behauptung hatte das Gleichgewicht am Tisch wiederhergestellt, doch statt das Thema zu beenden, redete ich immer weiter und machte meine Freunde schließlich auf die russische Küche richtig neugierig.

»Über Inder und Thailänder mögt ihr Bescheid wissen, aber niemand von euch weiß, was wir Russen wirklich gerne essen«, dozierte ich mit erhobener Stimme.

»Mag sein«, meinten die Gastgeber, »dann zeig es uns.«

Für einen Rückzieher war es nun zu spät, und so verabredeten wir uns für eine Woche später bei mir zum russisch Essen. Die ersten Tage nach der Party versuchte ich, nicht an den Termin zu denken. Ich hatte nie in meinem Leben etwas anderes als Bratkartoffeln und Spiegelei zubereitet und musste nun wohl oder übel einfach experimentieren. Der Termin rückte immer näher. Zu Hause hatte ich die wertvolle Ausgabe der *Sowjetischen Kochkunst* aus dem Jahr 1947 im Bücherregal ste-

Pato

hen. Diesen prachtvollen grünen Band hatte ich vor Jahren bei meiner Mutter requiriert wegen der vielen schönen Bilder. Sie hatte in diesem Buch zwar oft geblättert, es aber niemals richtig benutzt. In Moskau fehlten ihr dafür die Zutaten, später in Berlin die Lust. Nun wollte ich mit einem typisch russischen Gericht aus diesem Buch meine deutschen Gäste überzeugen.

Mal sehen, was es mit der russischen Küche auf sich hatte, ob sie tatsächlich so geheimnisvoll war, wie ich das vor kurzem in der Öffentlichkeit behauptet hatte. Je länger ich in dem Buch las, umso mehr war ich beeindruckt. Die gesamte Geschichte meines gepeinigten und gequälten Landes spiegelte sich in diesen Rezepten wider. Das verarmte Russland in den Zeiten der Monarchie und des Bürgerkriegs sowie die menschenverachtenden Experimente des Stalinismus wurde in *Die sowjetische Kochkunst* zusammengerührt. Die Rezepte waren in knappen, klaren Sätzen zusammengefasst: Sie klangen wie Kriegsbefehle: autoritär und unmissverständlich. Besonders faszinierte mich ein Gericht mit dem Namen »Saure Geflügelsuppe mit Eingeweiden«, das von den Herausgebern des Kochbuches zu Recht als unkompliziert und fantasievoll zugleich angepriesen wurde. Am entscheidenden Tag schlug ich *Die sowjetische Kochkunst* auf der nämlichen Seite auf: »Holen Sie sich einen Vogel!«, stand dort. »Hacken Sie den Schnabel ab! Entfernen Sie die Augen, schneiden Sie das Herz heraus und lassen Sie sodann das Blut abfließen. Waschen Sie die Eingeweide gründlich, aber ohne Seife. Danach zerhacken Sie alles nach Maß und lassen es eine halbe Stunde in einem eisernen Topf kochen.« Das klang sachlich und überzeugend. In der Küche fand ich im Werkzeugkasten unter der Spüle eine Axt und ging damit aus dem Haus – auf der Suche nach dem richtigen Vogel. In drei Stunden erwartete ich die ersten Gäste, es war höchste Zeit, meinem Hauptgang den Schnabel abzuhacken.

Menschen im Park

In der Nähe unseres Hauses steht auf dem Arnimplatz ein Denkmal: Auf einem Sockel aus Bronze liegt ein aufgeschlagenes Buch und neben dem Buch zwei abgehackte Hände. Jeden Tag gehe ich mit meinen Kindern an diesem Denkmal vorbei zum Kindergarten. Jeden von uns dreien beschäftigt dabei die Frage, was diese Skulptur eigentlich zu bedeuten hat, und jeder hat inzwischen eine eigene Theorie oder zumindest eine persönliche Haltung zu dem Kunstwerk entwickelt. Ich habe es »Der verurteilte Schriftsteller« genannt. Aufgestellt, um jemanden zu ehren, der Bücher verfasst hatte, in denen er stets die Wahrheit gesagt hatte. Dafür waren ihm von seinen dankbaren Lesern die Hände abgehackt worden. Meine Tochter Nicole meint dagegen, es seien bloß Handschuhe, die jemand auf dem Sockel mitsamt dem Buch unterwegs zur Kita vergessen habe. Es handle sich hier also um ein Denkmal gegen die Vergesslichkeit. Mein Sohn Sebastian ist noch zu klein, um eine Theorie zu dem Objekt zu haben, aber er hat trotzdem eine klare Haltung. Jedes Mal, wenn wir daran vorbeigehen, gibt er den beiden Händen beziehungsweise Handschuhen aus Bronze die Hand und sagt: »Guten Tag.«

Ich weiß natürlich, dass dieses Denkmal wie alle anderen in der Hauptstadt, in Wirklichkeit entweder mit der Wiedervereinigung oder mit der Judenvernichtung zu tun hat. Aber nicht bei jedem abstrakten Kunstwerk kann man die Botschaft so

genau erkennen wie bei den zersägten Riesenwürmern aus Chromnickel-Stahl vor dem Europa-Center, die ganz klar versuchen, wieder eins zu werden und auf diese Weise das zerteilte Deutschland symbolisieren sollen. Ähnliches gilt für den umgefallenen Riesenstuhl am Koppenplatz in Mitte, der an die Judenvertreibung erinnern soll und den der Künstler »Der verlassene Raum« genannt hat.

Die wahre Botschaft der zwei Hände auf dem Sockel wollen wir aber im Grunde gar nicht wissen. Diese Kunstwerke sind ästhetisch längst überholt. Das neue, wiedervereinigte Deutschland hat andererseits bis jetzt bei der bildenden Kunst nur wenig Anklang gefunden. Aber es gibt zu ihr genügend Alternativen: Neben dem Denkmal am Arnimplatz versammeln sich alle Alkoholiker und Penner unseres Bezirks, dutzende von Männern und Frauen bilden hier ein lebendiges Denkmal der neuen Zeit. Alle aktuellen Stichworte unserer Gesellschaft sind hier repräsentiert: die Arbeitslosigkeit, die Rentenreform und sogar die Zuwanderungsquote. Schon morgens um acht fangen sie

an, auf den Bänken die ersten Getränke zu mixen. Um fünfzehn Uhr verschwinden sie aus dem Park, wahrscheinlich, um ein Mittagsschläfchen zu halten. Die Stärkeren tauchen dann gegen Abend wieder auf und trinken weiter. Ihre Bänke werden auch in ihrer Abwesenheit nicht von Fremden besetzt, dafür sorgt ein besonders warnender Geruch aus den Büschen ringsum, der sie alle verscheucht.

Trotzdem gibt es auch hier das Phänomen der Zuwanderung. Seit einiger Zeit habe ich Grund zu der Annahme, dass sich unter diesen einheimischen Pennern ein Landsmann von mir verbirgt, der unermüdlich hier im Park bisher unbekannte russische Trinksitten verbreitet. So hängt zum Beispiel seit neuestem ein Glas am Baum neben der Bank. Die Einheimi-

schen haben früher nie ein Glas benutzt. Sie mixten ihren Doppelkorn mit Bier immer pur – im Bauch. Jetzt haben sie die Möglichkeit, die richtige Mischung vorab zu dosieren. Außerdem knabbern sie jetzt immer an einem Trockenfisch aus dem *Extra*-Supermarkt schräg gegenüber. Dort hat man vor kurzem ein Regal mit russischen Lebensmitteln eingerichtet: Trockenfisch, Konfekt der Marke *Klumpfüßige Bärchen*, das Trockenbrot *Gute Nacht* und eingelegte Butterpilze, die ausdrücklich *Zum Wodka* heißen. Die Zuwanderung tut dem Park anscheinend gut. Durch die internationale Sittenverschmelzung gewinnt der Alkoholikerverband am Arnimplatz neue Lebensqualitäten, es eröffnen sich ihm neue Perspektiven. Es riecht sogar besser.

Nackte Menschen

Sind Frauen wirklich bessere Menschen als Männer? Haben sie wahrhaftig mehr Stil, mehr Kultur? Philosophisch gesehen wäre das durchaus möglich. Denn Männer sind wie die Pferde. Sie reiten immer fort. Oft wissen sie nicht wohin, wozu und wie lange sie schon unterwegs sind. Männer bilden große Pferdeherden und machen sich aus dem Staub. Man kann aber leicht feststellen, wo sie hinreiten. Den Mann zieht es aus der Vergangenheit in Richtung Zukunft – er würde sich nie einen Zwi-

schenstopp in der Gegenwart leisten, wenn da nicht die Frau stünde. Der Mann bildet sich ein, dass dort, in der Zukunft, ein großartiges Leben auf ihn wartet. Aber die Zukunft bedeutet nicht unbedingt ein anderes Leben, sondern vielmehr Altern, Einsamkeit und Tod.

So wären wir Männer schon weiß Gott wo gelandet, wenn die Frauen unsere Herde nicht immer wieder zum Stehen bringen würden. Aber wie machen sie das? Allein durch Muskelkraft wäre es nicht zu schaffen. Auch die Frauenausrüstung zum Stoppen der modernen Männerherden – ich meine die Lippenstifte, das Parfüm, den Nagellack, die Dauerwellen und die Gesichtscreme, mit einem Wort: alles, was ihnen zur Verschönerung dient – versagt oftmals. Dann beweisen die Frauen Erfindungsgeist und greifen nach unkonventionellen Mitteln: Sie ziehen sich mehr oder weniger nackt aus und stellen sich der Herde in den Weg. Dieser einfache Trick funktioniert hervorragend, seit Ewigkeiten schon. Die Frau kann mit ihrem Körper die wildesten Männer verzaubern: Sie bleiben stehen und lassen alles mit sich geschehen. Weil sie so dumm sind, gehen sie unter, behaupten manche. Aber nein, sagen wir, weil nur die Schönheit die Welt rettet.

Menschen mit Kindern

Als ich vor einiger Zeit in der Schweiz war, wurde dort gerade heftig diskutiert, ob Kinder schon ab drei Jahren in den Kindergarten gehen dürfen. Die Schweizer Mütter wollten mir nicht glauben, dass in Berlin die Säuglinge schon mit drei Monaten abgegeben werden können. Sie waren von dieser Idee ganz begeistert. Jawohl, sagten die Schweizerinnen, so etwas brauchen wir hier auch. Doch so richtig glaubten sie mir nicht. Es stimmte auch nicht ganz. Obwohl Berlin viel fortschrittlicher ist als Zürich und die meisten Kinder hier außer Haus erzogen werden, ist es immer noch schwierig, einen guten Kindergarten zu finden. Mit unserer Tochter Nicole schafften wir es erst beim dritten Anlauf. Zuerst hatten wir eine Tagesmutter aufgetrieben, die eine passive Erziehung propagierte. Ihrer Meinung nach sollten Kinder frei wie das Gras auf dem Felde aufwachsen, ohne fremde Einmischung. Die Frau

ging dabei selbst mit passivem Beispiel voran. Auf ihrem Nachttisch entdeckte ich einmal eine Ausgabe der Bildzeitung aus dem Jahr 1991, die sie noch immer nicht durch hatte. »Der Unheimliche mit der Eisenstange« stand auf dem Titelblatt, und: »Stasi folterte mit Todesstrahlen«. Wenig später konnten wir für Nicole einen Platz in einem katholischen Kindergarten erkämpfen, der mir allerdings gleich etwas merkwürdig vorkam.

»Was ist eigentlich an Ihrem Kindergarten katholisch?«, fragte ich die Erzieherin.

»Nichts«, antwortete sie.

»Veranstalten Sie Gottesdienste mit den Kindern? Reden Sie mit ihnen über Gott oder über den Papst?«, hakte ich nach.

»Nein, so etwas machen wir nicht«, versicherte mir die Erzieherin.

Weil meine Frau jedoch eine Neigung zum Katholizismus hat und sogar einmal auf Teneriffa eine katholische Muschel mit einem kleinen Jesus aus Wachs kaufte, der wenig später von unserer atheistisch erzogenen Katze Marfa zerbissen wurde, ließen wir unsere Tochter Nicole gerne bei den nicht praktizierenden Katholiken. Eine Weile lief auch alles gut. Doch nach ein paar Wochen fing Nicole an, uns in religiöse Gespräche zu verwickeln. Der liebe Gott zog bei uns ein. Nach einer langen Diskussion, ob in der Hölle die Eiscreme schmilzt, beschlossen wir die Kindereinrichtung zu wechseln und gingen schließlich, nach langem Hin und Her, zu den »Frechen Früchtchen«, einem typischen Ostkindergarten gleich bei uns um die Ecke. Unsere Tochter wurde dort endlich zu einem Normalkind. Schnell lernte sie, wie Fischstäbchen schmecken und wo der Sandmann lebt. Sie kann nun sogar Berlinerisch reden, und wir sind sehr zufrieden.

Menschen, die klettern

Meine Eltern haben jahrelang als Ingenieure in einem Betrieb der Binnenflotte in Moskau gearbeitet. Der Betrieb belieferte verschiedene Flussschiffe mit Lichtanlagen und Maschinenteilen. Oft waren die Mannschaften an Bord überfordert, weil sie mit der neuen Technik nicht umgehen konnten. Meine Eltern pendelten von einem Hafen zum anderen und klärten die Besatzung auf. Sie hatten bei ihrer Arbeit viel Stress und wussten deswegen immer ganz genau, was sie von einem Urlaub erwarteten: an einem Strand in der Sonne liegen und sich möglichst wenig bewegen. Dieses Urlaubsideal prägte sich fest im Bewusstsein unserer Familie ein, eine Alternative war undenkbar.

Ganz anders war es bei meiner Cousine: Ihre Eltern waren Geologen und leidenschaftliche Bergwanderer. Den ganzen Winter über saßen sie im Geologischen Institut und sortierten irgendwelche Karten und Topografieberichte in Pappkisten. Im Sommer aber bildeten sie mit einigen Gleichgesinnten eine Reisegruppe und fuhren in den Kaukasus, in die Karpaten oder in den Ural, mit einem Wort: überall dahin, wo es etwas zu besteigen gab. Sie bereiteten sich gründlich darauf vor und kauften zum Beispiel auf dem Schwarzmarkt in Moskau gebrauchte Fallschirme, um sich daraus richtige Bergsteigerbekleidung zu schneidern. Jahrelang bastelten sie an ihrer Ausrüstung, denn in den sowjetischen Sportwarenläden konnte man außer einem Strick und einem Eispickel kaum etwas kaufen.

Dreißig Jahre unternahmen sie Bergwanderungen und hatten schon ziemlich alles in der Sowjetunion bestiegen, was höher war als eine Straßenlaterne. Zu ihren größten Gipfelerfolgen zählten der Gaverla (2014 Meter) und der Chiget (3671 Meter). Beinahe hätten sie sogar den Elbrus (6030 Meter) noch geschafft. Als sie 1985 in der DDR zu Besuch waren, fuhren sie, statt sich in Kaufhäusern herumzutreiben, in die Sächsische Schweiz und bestiegen dort einige besonders herausragende Felsen. Auch der Fichtelberg, der höchste Berg der DDR (1214 Meter), entging ihrer Aufmerksamkeit nicht.

Ich war ein schlichtes Kind und konnte den Drang meiner Verwandtschaft, irgendwo hochzuklettern, nie nachvollziehen. Was trieb sie nach oben? Dort war doch nichts zu holen! Sie kamen immer mit leeren Händen zurück, müde, aber glücklich. Meine Tante erklärte jedes Mal, es sei besser als fliegen und es ginge dabei nicht darum, etwas zu erringen, sondern um das besondere Gefühl der Freiheit, ein Gefühl, als würde einem die ganze Welt gehören. Mehrmals versuchte sie mich zu überreden mitzukommen, ich blieb aber stets zu Hause und genoss das Gefühl der Freiheit auf dem Flachland.

Erst meine Cousine konnte aus der sinnlosen Beschäftigung ihrer Eltern Profit schlagen. Ein einziges Mal ging sie mit, in die nordkaukasischen Berge, und kam zwei Wochen später mit einer tollen Beute zurück: einem Ehemann. Es war der doppelte Landesmeister der Sowjetunion im Alpinismus und Leiter des Rettungsdienstes auf dem Elbrus. Meine Cousine war in einer Felsspalte stecken geblieben, und der Mann mit dem Gesicht von Sylvester Stallone kam mit einem Hubschrauber angeflogen, befreite sie aus ihrer Falle und heiratete sie. Meine Cousine war sehr glücklich. So einen Mann traf man in der Ebene nicht. Von den Bergen wollte sie allerdings nichts mehr wissen.

Nach einem Jahr wurde sie Mutter von Zwillingen: Zwei Jungs, die aussahen wie Sylvester Stallone. Ihr Mann Sergej kündigte beim staatlichen Rettungsdienst und gründete in Moskau ein eigenes Unternehmen, eine Art Reisebüro für abenteuerlustige reiche Ausländer. Drei Monate im Jahr saß er fortan in den Bergen des Nordkaukasus. Seine Kunden wurden mit dem Hubschrauber vom Flughafen Mineralnjawoda in die kaukasischen Berge geflogen und in einem Tal abgesetzt. Die »Kapitalisten« kletterten dann einen Berg ihrer Wahl hoch und freuten sich riesig, wenn sie auf dem Gipfel angekommen waren. Danach holte Sergej sie mit dem Hubschrauber ab. Aus eigener Kraft runterzuklettern, dazu hatten sie keine Lust. Doch kaum unten angelangt, bestiegen diese Verrückten schon wieder den nächsten Berg.

Die Familie meiner Cousine lebte nicht schlecht von dem Geld, das die reichen Ausländer in den Bergen verpulverten – so ein Hubschraubereinsatz war teuer. Die restlichen neun Monate verbrachte Sergej Stallone zu Hause. Er lag auf dem Sofa, trank große Mengen Bier und guckte Fernsehen. Mich hat er nie wahrgenommen: Die Welt bestand für ihn aus Menschen, die in Schwierigkeiten steckten, und solchen, die sie mit dem Hubschrauber da wieder rausholten. Ich passte in keine seiner Kategorien. Als ich ihn einmal fragte, was seiner Meinung nach die Menschen in die Berge treibe, meinte er, eine Bergbesteigung sei für viele Touristen nur ein neues Argument in einem lebenslangen Selbstgespräch, das sie mit sich führten: »›Er oder Ich.‹ Sie suchen die Nähe zu den Göttern und den Beweis ihrer Einzigartigkeit. Und jedes Mal, wenn sie kurz vor ihrem Ziel stehen, komme ich und hole sie wieder runter.«

Menschen und ihre Freizeitbeschäftigungen

Oft läuft der Mensch blind hinter dem eigenen Vorteil her und vergisst dabei völlig seinen Spaß. Egal, was man macht, Hauptsache, es lohnt sich. Und so geht man studieren, quält sich mit der Suche nach dem richtigen Beruf, den richtigen Freunden, der richtigen Frau. Man übt ständig irgendwelche Tätigkeiten aus, die anstrengend und langweilig sind, dafür aber der öffentlichen Meinung nach als lohnenswert gelten. Dagegen werden die Dinge, die wirklich Spaß machen und Menschen zu ungewöhnlichen Leistungen herausfordern, oft als sinnlose Beschäftigung abgetan.

Mein Vater zum Beispiel hat drei Studiengänge absolviert, danach vierzig Jahre in einem Betrieb gearbeitet, der Schiffsausrüstungen produzierte, aber viel Spaß hat es ihm nicht gemacht. Nur im Wald fühlte er sich richtig glücklich. In Moskau widmete er seine ganze

Freizeit dem Sammeln von Birkensaft. Viele sowjetische Bürger gingen damals auf die Suche nach ausgefallenen Lebensmitteln und Getränken. Sie vertrauten der Natur mehr als den

staatlichen Versorgungseinrichtungen. Der Wald bescherte ihnen Pilze, Beeren, Kräuter und nicht zuletzt Birkensaft. Das Zapfen verlangt Konzentration und Erfahrung. Mein Vater suchte sich immer eine besonders saftige Birke aus und machte dann mit dem Messer einen Schnitt in ihren Stamm. Die Tropfen flossen langsam herunter und landeten schließlich in einer Büchse, die unten auf dem Boden aufgestellt und sorgfältig getarnt war, sodass andere Birkensaftliebhaber sie nicht gleich fanden. Drei Tage später tauschte mein Vater die volle Büchse gegen eine leere aus.

Der Staat bemühte sich, das Vertrauen der Bürger zurückzugewinnen, indem er die Ladenregale mit staatlich erzeugtem Birkensaft in Drei-Liter-Gläsern füllte und sie zum Dumping-

Preis von dreißig Kopeken pro Glas verkaufte. Die Menschen trauten aber dem staatlichen Saft nicht. Man munkelte, er wäre nicht aus echten Birken gewonnen, sondern aus gesüßtem

Wasser hergestellt worden. Man konnte dem Staat aber nie etwas nachweisen, weil auch der echte Birkensaft wie gesüßtes Wasser schmeckte und wahrscheinlich auch gesüßtes Wasser war.

In Berlin musste mein Vater sein Freizeitvergnügen notgedrungen aufgeben. Er wohnt im Randbezirk Karow-Nord, in der Nähe der Wälder des westlichen Barnims. Dort gibt es keine saftigen Birken, nur Kiefern, die keinen Saft haben, dafür aber gutes Holz. Deswegen ist mein Vater nun dem Schnitzen verfallen.

BÄCKEREIEN

Menschen, die einkaufen

Seitdem die Kaufhalle *Knüller-Kiste – die ganze Welt für 99 Pfennig* neben unserem Haus auf der Schönhauser Allee ihre Türen geöffnet hat, hat sich unsere Wohnung immer mehr in eine Testzentrale für internationale Fehlgeburten der modernen

Haushaltselektronik verwandelt. Meine Frau geht gern in diesem Laden einkaufen. Sie nennt es Soft-Shopping, weil man dort sein leichtes Konsumfieber ohne große finanzielle Verluste kurieren kann.

Das erste Wunder der Technik, das sie in der *Knüller-Kiste* eroberte, war ein Mückenvertreiber, der laut der beiliegenden Instruktionen nicht nur blutdürstige Insekten und Kakerlaken, sondern auch alle denkbaren Nagetiere bis zu fünf Kilo Lebendgewicht aus der Wohnung fern hält. Und das durch bloßes Aussenden hoher Frequenzen, die für das menschliche Ohr vollkommen unhörbar sind. In unserer Wohnung gab es aber weder Insekten noch Nagetiere, nur unsere Katze Marfa, die man nicht einmal mit einer Motorsäge von ihrem Lieblingsheizkörper in der Küche trennen könnte. Im Kinderzimmer hatten wir jedoch eine Mücke, die schon lange bei uns lebte und sich entsprechend anständig benahm: Sie summte leise, aß hauptsächlich vegetarisch und war mit der Zeit ein vollwertiges Mitglied unserer Familie geworden. Bei dieser Mücke nun wollte meine Frau die vernichtende Kraft der modernen Technik prüfen.

»Wenn es tatsächlich stimmt, was in der Gebrauchsanweisung steht, dann werde ich dieses Gerät meiner Mutter im Nordkaukasus schicken. In ihrem Dorf gibt es jedes Jahr richtig fette Mücken, außerdem Ratten und Mäuse. Die Bewohner sind hilflos. Aber nicht mehr lange«, meinte meine Frau.

Abends schalteten wir das Gerät an, und ein Rotlicht-Lämpchen begann zu blinken. Die hohen Frequenzen verbreiteten sich sofort in unserer Wohnung. Wir merkten nichts davon. Die Mücke im Kinderzimmer auch nicht. Dafür aber unser Nachbar. Er war die ganze Nacht wach und ging in seinem Zimmer hin und her. Merkwürdige Geräusche drangen aus der Wohnung nebenan zu uns, als würde der Mann sich gegen die Wand werfen. Bums! Tratatatata. Bums! Tratatata. Er sprang gegen die Wand, kehrte zu seiner Ausgangsposition zurück und nahm erneut Anlauf. Wir befürchteten schon, er würde sich unter dem Einfluss der hohen Frequenzen in ein Insekt verwandeln. Meine Frau behauptete sogar gehört zu haben, wie der Nachbar bereits einige Male die Decke gestreift hätte. Ich glaubte jedoch nicht, dass man eine derartig komplexe Verwandlung in einer Nacht durchmachen konnte. So etwas braucht Zeit. Außerdem hat unser Nachbar einen viel zu großen Bierbauch, um sich an der Decke halten zu können. Trotzdem machten wir uns große Sorgen um ihn. Gleich am nächsten Morgen ging ich nach nebenan und fragte unseren Nachbarn, wie es ihm gehe. Er erzählte, er hätte ein Dart-Spiel von seinem Kollegen geschenkt bekommen und die ganze Nacht gespielt. Der Mückenvertreiber schien keine Wirkung zu haben. Trotz dieses schlechten Testergebnisses schickten wir das Gerät in den Nordkaukasus zu meiner Schwiegermutter.

Eine Woche später ergatterte meine Frau in der *Knüller-Kiste* eine elektrische Wanduhr. Sie hatte nur drei Mark gekostet, zeigte aber trotzdem die Zeit an. Der Nachbar spielte fast jede Nacht Dart, mal gegen die eine, mal gegen die andere Wand. Wir konnten an den Geräuschen erkennen, dass er immer treffsicherer wurde. Meine Schwiegermutter rief uns an und erzählte, was im Dorf passiert war, nachdem sie unser Gerät angeschaltet hatte. Es kam zu einer noch nie da gewesenen Invasion von Mücken,

Riesenraupen und Zieselmäusen. Alles Leben aus der Steppe kam angelaufen, um in den Genuss der ausländischen Frequenzen zu gelangen. Die aufgebrachte Dorfbevölkerung zwang meine Schwiegermutter, das Gerät zu vernichten. Der Mückenvertreiber wurde öffentlich im Garten des Hauses durch Zerhacken zur Strecke gebracht. Das Ungeziefer kehrte jedoch nicht in die Steppe zurück.

»Aber schickt mir trotzdem nichts mehr«, bat die Schwiegermutter am Telefon.

Unser Nachbar traf mit seinen Pfeilen die Stelle an der Wand, wo auf der anderen Seite unsere Wanduhr hing. Sie stürzte ab, tickte aber zu unserem Erstaunen brav weiter – nur ging sie jetzt in die entgegengesetzte Richtung. Aus Achtung vor der modernen Technik beschlossen wir, sie nicht wegzuwerfen. Gelegentlich schauen wir sie an und werden immer jünger.

A.M.A.C.
N'OUBLIEZ PAS VOS DIXIÈMES
GUEULES CASSÉES
DOUBLE CHANCE

Menschen, die schlafen

Einmal träumte ich, dass wir ein Schreiben von einer Babelsberger Filmproduktionsgesellschaft namens Schmücker bekamen mit einem merkwürdigen Angebot: Falls wir bereit wären, unseren Chinchilla in einem Porno-Tierfilm die weibliche Hauptrolle spielen zu lassen, würden wir als Honorar eine zweiwöchige kostenlose Reise für zwei Personen zu einem exotischen Reiseziel unserer Wahl erhalten, mit Hotel und allem Drum und Dran. Ich hielt das Schreiben zuerst für einen blöden Witz, doch meine Frau überredete mich schließlich, bei der Produktionsfirma wenigstens einmal anzurufen und zu fragen, was unser Chinchilla in dem Film denn genau machen sollte.

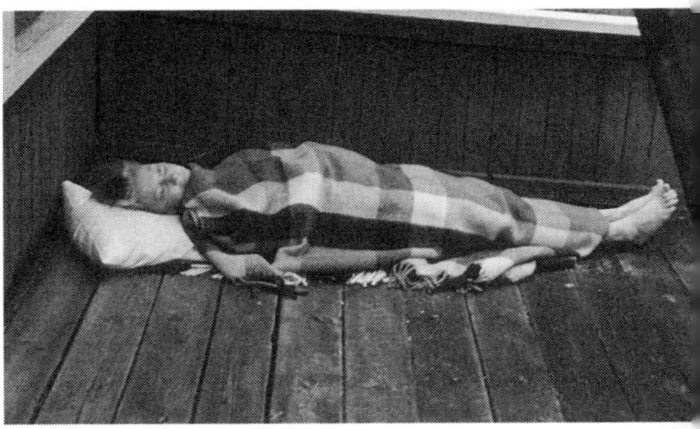

»Ja«, sagte die freundliche Filmproduktionsleiterin, »das kann ich Ihnen sagen: Laut Drehbuch muss es sich von fünf Zwergkaninchen in verschiedenen Farben von hinten vögeln lassen.«

Ich sagte ihr gleich: »Nein, das machen wir nicht mit«, und legte den Hörer auf.

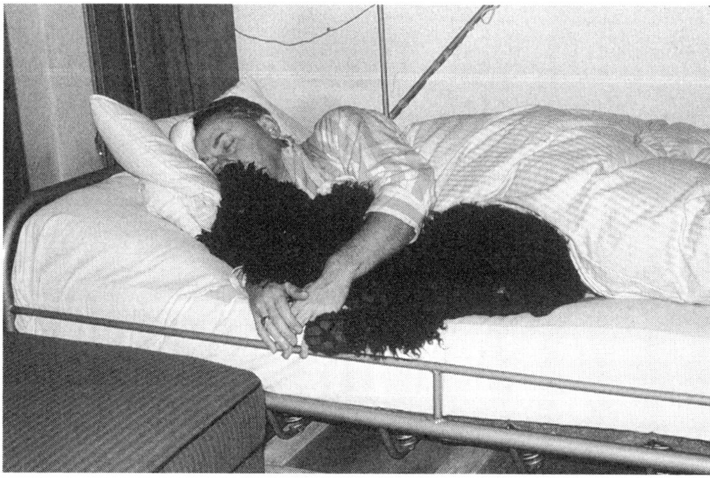

Dann war der Traum zu Ende. Aber seitdem habe ich das Gefühl, dass unser Chinchilla Dusja mich immer vorwurfsvoll ansieht, weil ich ihr eine Filmkarriere versaut habe.

Ein andermal träumte ich, dass meine Frau, meine dreijährige Tochter und ich einen Abend bei unseren Bekannten verbrachten, die auch ein Kind haben, einen dreijährigen Sohn. Wir tranken Tee in der Küche und unterhielten uns über dies und das. Meine Tochter spielte auf dem Boden mit einer Puppe, der Sohn des Gastgebers blätterte in der »Berliner Zeitung«. Auf einmal fing er an, die Eintragungen aus dem Handelsregister laut vorzulesen und zu kommentieren. Verwirrt fragte ich seine Mutter, wie es möglich sei, dass ihr Sohn in seinem zarten Alter bereits die Wirtschaftsnachrichten verstehen könne, während meine Tochter noch nicht mal bis drei zählen könne.

»Ja«, sagte die Mutter, »weil wir ein spezielles Ernährungsprogramm für ihn haben.«

»Und womit wird der Knabe ernährt?«, fragte ich misstrauisch.

»Mit *Alete*-Karottenpüree«, antwortete die Frau.

»Aber unsere Tochter doch auch«, erwiderte ich.

»Schon, aber wir bereiten das Püree in einem ganz speziellen Kochtopf zu, der über zweitausend Dollar kostet«, sagte sie mit Stolz.

Ich wachte auf und fragte meine noch lesende Frau, ob sie schon einmal etwas von Kochtöpfen für zweitausend Dollar gehört habe. Sie meinte, die gäbe es schon lange, und zwar beim *Otto-Versand*. Dabei handele es sich um computergesteuerte Selbstkocher, bei denen man einfach nur auf den Knopf drücken müsse, nachdem man zuvor ein Programm gewählt habe, zum Beispiel Bockwurst mit Pommes und Salat – und das machten die dann auch. Richtige Zauberkocher also. Doch mit ihren eigenen Augen hatte sie diese Dinger noch nicht gesehen, deswegen denke ich, dass sie spinnt.

Menschen unter Tannenbäumen

Der Beginn eines neuen Jahres ist immer ein guter Grund, sein Leben zu verändern. Die Erde erreicht langsam wieder ihre Startposition, und alles Leben macht sich bereit für eine neue Runde. Was man letztes Jahr versäumt oder falsch gemacht hat, gehört ab nun der Vergangenheit an, versuchen wir es noch einmal. Viele meiner Freunde fangen in ihrem Eifer allerdings schon Anfang Dezember damit an, ihren Lebensraum umzugestalten. Zu ihnen gehört auch unsere Nachbarin Gudrun. Sie hatte sich eine neue Couchgarnitur gekauft und die Möbel in ihrer Wohnung konsequent umgestellt. Daraufhin wurde ihr Kater Schröder plötzlich wahnsinnig und erklärte seiner Besitzerin den Krieg. Er rannte durch die Wohnung und pisste überallhin, unter anderem auf die neue Couchgarnitur. Anschließend kackte Schröder auch noch in die Hausschuhe von Gudrun und brach damit das letzte Tabu des zivilen Lebens.

»Haben Sie etwa die Möbel in Ihrer Wohnung umgestellt?«, mutmaßte der Tierarzt sofort. »Wenn Sie wollen, dass Ihre Katze wieder gesund wird, stellen Sie alles so wieder hin, wie es war.«

»Das ist aber nicht mehr möglich, ich will doch ein neues Leben anfangen«, meinte Gudrun.

»Dann besorgen Sie sich auch eine neue Katze«, riet ihr der Arzt.

Meine vietnamesischen Nachbarn hatten beschlossen, noch

vor Beginn des neuen Jahres ihre alte Waschmaschine zu entsorgen. Sie stellten sie vor den Hauseingang, in der Hoffnung, dass sie über Nacht von selbst verschwinden würde. Wahrscheinlich hätte sie das in vielen Teilen der Welt auch getan, aber nicht in Berlin. Schon bald mussten meine Nachbarn die bittere Erfahrung machen, dass Waschmaschinen hier nicht so leicht von der Straße verschwanden. Das gute alte Stück stand drei Tage vor unserem Haus und entfernte sich nicht einmal einen Meter weit von der Tür. Ständig mussten sich die Vietnamesen die Beschwerden der anderen Nachbarn anhören. Ent-

täuscht trugen sie das Ding nach drei Tagen wieder in ihre Wohnung, wo sie es mit einem seidenen Tuch abdeckten.

Meine Tochter kündigte an, sie wolle dieses Jahr vom Weihnachtsmann keine kleine niedliche Puppe haben, weil sie nun schon fünf Jahre alt und folglich kein Kleinkind mehr sei. Deswegen wünsche sie sich diesmal ausnahmsweise eine ganz große, ausgewachsene Puppe, so eine vierzigjährige, meinte sie. Außerdem solle diese vierzigjährige Puppe männlich sein, einen Anzug mit Krawatte tragen und einen Aktenkoffer besitzen. Was meine Tochter mit einer solchen Puppe für Spiele veranstaltet, hält sie geheim.

Meine Mutter bekommt zu Weihnachten von ihrem russischen Zahnarzt einen Gutschein geschenkt – für »neue deutsche Zähne«, wie er ihr bereits ankündigte.

Langsam breitet sich eine festliche Stimmung in unserem Haus aus. Unten in der Bäckerei wird schon seit Wochen Erdbeerkonfitüre in klitzekleinen Dosen umsonst verteilt, außerdem werden Riesen-Kuchenherzen mit der Aufschrift »Verzeih

mir« und »Ich wünsch dir was« angeboten. Aber im Großen und Ganzen weiß man eigentlich noch nicht, was die Berliner sich von dem neuen Jahr versprechen. Wir wünschen allen auf jeden Fall ein dickes Bündel Euro in der Tasche, viel Spaß und ein bisschen Schnee vor dem Fenster. Kurzum: ein gutes neues Jahr.

Jean Starobinski
Das Leben der Augen
Ullstein Materialien
Starobinski Das Leben der Augen
Ullstein Materialien

Menschen, die lernen

Im Winter beginnt bei uns in der Familie die Lernperiode. Diese dunklen und kalten Monate des Jahres sind am besten geeignet, um etwas Wichtiges fürs Leben zu lernen. Meine Frau erinnerte sich daran, dass sie immer noch keinen Führerschein besitzt, und meldete sich wieder bei einer Fahrschule an. Nicht bei der Fahrschule, wo sie letzten Winter durchgefallen ist,

sondern bei einer neuen. Jede Woche fährt sie nun in einem Renault durch den Prenzlauer Berg, und ihr neuer Fahrlehrer regt sich auf: »Frau Kaminer, nehmen Sie doch Ihren Fuß vom Gas, wir sind keine Feuerwehr und auch kein Notdienstwagen! Sie fahren zu schnell!« Er weiß noch nicht, was ihn auf der Autobahn erwartet.

Auch mein Sohn Sebastian macht gerade eine wichtige Lernerfahrung: wie man ohne Windeln durchs Leben geht. Ein solch windelloses Leben erfordert ständige Konzentration, man darf sich durch nichts ablenken lassen und muss immer daran denken: Ich bin jetzt windelfrei! Bei den Erwachsenen funktioniert so etwas automatisch, doch auch sie haben klein und nass angefangen. Sebastian gibt sich große Mühe. Gerade eben hat er noch unsere Katze durch die Wohnung getragen und laut dabei gelacht – plötzlich bekommt sein Gesicht dramatische Züge. Er lässt die Katze los, hebt die Hand und ruft: »Schnell!« Zusammen rennen wir zum Klo. Vor der Schüssel bleibt er auf einmal stehen und hebt wieder die Hand. »Langsam«, sagt er und schaut auf seine Hose. Sie ist nass. »Mach dir keine Sorgen, beim nächsten Mal klappt es besser«, beruhige ich ihn.

Auch ich lerne im Winter gerne etwas dazu. Zum Beispiel Englisch. Diese Sprache lerne ich schon seit ungefähr zwanzig Jahren und kann immer noch kein Wort. Doch, ein paar schon, aber nicht so richtig. Letztens führten ein russischer Kollege und ich ein Telefongespräch mit London. Dort sollten wir zusammen im Frühling eine Lesung bestreiten. Mein Kollege versicherte mir, Englisch sei quasi seine zweite Muttersprache, und ergriff bei dem Gespräch die Initiative. Der Gastgeber in England beschrieb uns den Weg zum Bahnhof. »I take you back there«, sagte er abschließend.

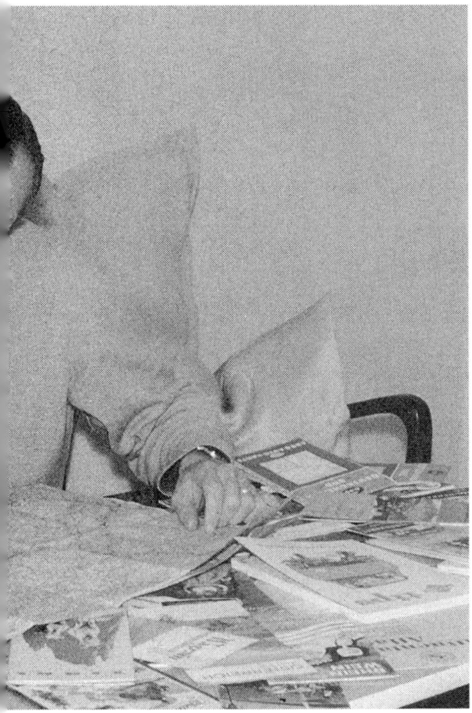

»Er will uns von hinten nehmen«, meinte mein Kollege erstaunt zu mir. »Und zwar in aller Öffentlichkeit, so etwas Perverses.« Dabei wollte der Engländer uns eigentlich nur vom Bahnhof abholen. Nach diesem Vorfall wurde mir klar, dass ich nicht darum herumkam, Englisch zu lernen. Nun sitze ich mit dem Buch »Schnellkurs Englisch in dreißig Tagen« in meinem Arbeitszimmer und ler-

ne. Schnell. »Schnell!«, ruft Sebastian aus dem Kinderzimmer. Aber heute hat meine Schwiegermutter Dienst, sie muss Sebastian begleiten, weil ich schon gestern dran war und meine Frau gerade ihre Fahrstunden hat. Ich stelle mir vor, wie sie gerade in einem roten Fahrschul-Renault die Schönhauser Allee rauf- und runterdüst. »Sie fahren immer noch zu schnell«, wird ihr Fahrlehrer wahrscheinlich zu ihr sagen. Sie kann nicht langsamer. Der Fahrschullehrer wird immer häufiger auf die Bremse drücken, bis ihm übel wird. »Langsam«, sagt Sebastian schon wieder, ich lege mein Buch zur Seite und stimme ihm zu: »Junge, langsam wird auch dieser Winter vorübergehen, dann haben wir alle was dazugelernt und viel Spaß dabei gehabt – »the next winter will take us back«.

Menschen und Sehenswürdigkeiten

Unsere Freundin Katja hat einen spannenden Beruf: Sie ist Kinder-Psychoanalytikerin und erzählt uns laufend Geschichten aus ihrem Arbeitsalltag.

»Stell dir vor, da kommt neulich so eine Mutter zu mir und sagt: ›Mein Baby schreit die ganze Nacht durch, die Ärzte können nichts finden, was soll ich tun?‹ ›Und sonst ist in Ihrem Leben alles in Ordnung?‹, habe ich sie gefragt. ›Ist vielleicht ein Verwandter von Ihnen gestorben oder so?‹«

»Nein, sonst ist in meinem Leben alles in Ordnung«, meinte die Mutter.

Katja ließ aber nicht locker: »Sind Sie allein erziehend? Wie haben Sie die Trennung vom Kindsvater verkraftet?«

»Die habe ich ganz gut verkraftet, er war ja ein Arschloch«, meinte die Frau.

»Nein«, sagte Katja, »ich glaube, Sie haben Ihre Trennung

immer noch nicht richtig verarbeitet, und deswegen leidet jetzt Ihr Kind. Erzählen Sie mir doch bitte, wie es wirklich war, als Sie sich von dem Arschloch trennten.«

Die Frau erzählte Katja daraufhin einige ekelhafte Geschichten von ihrem Verflossenen. Dabei fing sie an zu weinen. Katja weinte schließlich mit. Eine Sitzung nach der anderen – bis das Baby irgendwann nicht mehr schrie. Ein Wunder? Nein, bloß Psychoanalyse. Danach kam eine Mutter zu ihr in die Praxis, deren fünfjährige Tochter partout nicht alleine im Kinderzimmer schlafen wollte und jede Nacht zu den Eltern ins Bett kroch.

»Wo legt sie sich dann hin?«, fragte Katja. »Links, rechts oder mittig?«

»Immer zwischen uns«, erklärte die Mutter.

»Alles klar«, rieb Katja sich die Hände, »sie will dadurch verhindern, dass Sie ein zweites Kind zeugen, sie will Papa und Mama nur für sich alleine haben.«

»Und?«, fragte daraufhin die Mutter, »was sollen wir nun tun?«

»Schlafen Sie ruhig so weiter, das wird von alleine aufhören, wenn Ihre Tochter größer wird«, empfahl Katja. Und alle waren zufrieden.

Durch ihre berufliche Tätigkeit kann unsere Freundin nicht nur Familien in Not helfen, sondern beinahe alle Missverständnisse des Alltags aufklären. So hat sie uns vor kurzem sogar das neue Denkmal an der Prenzlauer Allee erklärt. Die fünfzehn Meter hohe Plastik steht zwischen einem Friedhof und einer Tankstelle und heißt »Tor zum Prenzlauer Berg«. Auf einem dünnen Trapez aus Stahl steht ein drei Meter großes Kind aus Aluminium und weiß nicht, wo es hin soll. Es kann sich quasi nicht zwischen der Tankstelle und dem Friedhof entscheiden. In der Zeitung stand, diese Skulptur müsse als ein Zeichen im Raum verstanden werden. Das klang sehr unverständlich.

»Als was für ein Zeichen und in welchem Raum muss es verstanden werden?«, fragte ich Katja, als wir zufällig an der Tankstelle vorbeigingen.

»Das ist doch ganz einfach«, meinte sie. »Es ist das Denkmal einer nicht intakten Familie. Die beiden Säulen stehen für Vater und Mutter, die nicht mehr zusammenleben, das Kind hängt in der Mitte und kann sich für keine der beiden Hälften entscheiden. Ein klarer Fall, der Bildhauer kann bei mir in der Praxis vorbeischauen, ich glaube, ich könnte ihm helfen«, sagte sie.

Es klang sehr überzeugend.

»Und was ist mit dem Potsdamer Platz?«, hakte ich sofort nach, »wieso ist der so hässlich? Sieht er nicht auch nach einem Familienkrach aus? Wobei sich dort Vater und Mutter richtig viel haben einfallen lassen.«

»Den Potsdamer Platz habe ich ehrlich gesagt noch nie so genau unter die Lupe genommen, aber sicher könnte man auch dort vieles mit der Psychoanalyse erklären«, versicherte mir Katja. »Der rote *Daimler*-Turm und die brustartige *Sony*-Kuppel sind eindeutige Symptome.«

Je länger ich Katja kenne, desto vertrauter wird mir die Welt.

Menschen, die Geschichten schreiben

Ich habe eine tragische Liebesgeschichte geschrieben, ohne Happyend. Wohin damit? Sie in einer der Berliner Zeitungen abdrucken wollte ich nicht, denn viele Personen könnten sich in der Geschichte wieder erkennen und böse werden. Hier habe ich schon früher mit Liebesgeschichten ohne Happyend schlechte Erfahrungen gemacht, die halbe Stadt scheint inzwischen miteinander verbandelt zu sein. Einfach abwarten, der interessierte Leser wird sich früher oder später finden, entschied ich und ließ die Geschichte in der Schreibtischschublade verschwinden. Gleich am nächsten Tag wurde ich von der Redaktion einer mir bis dahin unbekannten Zeitung namens »Rheinische Post« angerufen. Sie würden gerade eine Serie über Berlin planen und sich sehr über eine Geschichte von mir freuen.

»Was halten Sie von einer typisch Berliner Liebesgeschichte ohne Happyend?«, fragte ich den Redakteur.

»Wenn da Berlin drin vorkommt, dann wären wir nicht abgeneigt«, meinte er.

»Aber natürlich ist es eine typische Berlin-Geschichte«, versicherte ich dem Redakteur und schickte sie an die »Rheinische Post«. Schon am nächsten Tag rief mich der Redakteur wieder an. Seine Stimme klang ein wenig verklemmt.

»Mit großem Interesse haben wir Ihre traurige Liebesgeschichte hier in der Redaktion gelesen und dabei sehr gelacht«, begann er. »Wir würden sie auch liebend gerne drucken, nur ein Haken ist dabei.« Er schwieg eine Weile ins Telefon. Ich befürchtete Schlimmes. Dann fuhr er weiter fort:

»Sie wissen wahrscheinlich nicht, Herr Kaminer, dass die ›Rheinische Post‹ eine besondere Zeitung ist und dementsprechend besondere Leser hat.«

Das wusste ich natürlich nicht. Denn bei uns am Prenzlauer Berg wird die »Rheinische Post« nicht verkauft.

»Wir sind eine christliche Zeitung für christliche Kultur«, erklärte mir der Redakteur.

»Haben Sie meine Geschichte etwa als Gotteslästerung empfunden?«, fürchtete ich.

»Nein, keineswegs«, konterte er, »es geht eigentlich nur um einen Satz, der uns sicher viel Ärger bringen würde. Mein Chef ahnte schon eine Flut von bösen Leserbriefen. Sie schreiben da in der Zeile achtundzwanzig, ich zitiere: ›Bin extrem sympathisch, habe enorm großen Schwanz.‹«

»Sie haben mich da falsch verstanden. Das schreibe doch nicht ich, sondern der Ich-Erzähler in meiner Geschichte schreibt es in seine misslungene Liebesannonce, unter der typisch berlinerischen Rubrik ›Harte Welle‹«, verteidigte ich mich. Ich sah schon die Inquisition herannahen.

»Dürften wir diesen Satz vielleicht ändern?«, fragte mich der Redakteur. »Es wird die Qualität Ihres Textes auf keinen Fall beeinflussen, wenn der Ich-Erzähler zum Beispiel schreiben würde: ›Bin extrem sympathisch, habe enorm großes Teil.‹«

»Und das wäre alles?«, fragte ich ungläubig.

»Das wäre dann alles«, bestätigte der Redakteur. Ich war von der Toleranz der christlichen Leserschaft am Rhein überwältigt und stimmte der Änderung sofort zu. Der Redakteur war erleichtert, ich ebenfalls, wir bedankten uns gegenseitig. Das große Berliner Teil hatte eine Brücke des Vertrauens für eine weitere gute Zusammenarbeit zwischen uns geschlagen.

Menschen beim Essen

Meine Mutter besuchte uns im Zuge einer Routine-Überwachungstour, also um zu sehen, ob und wie wir lebten und ob wir genug zu essen hätten. Als Erstes machte sie wie immer den Kühlschrank auf und studierte ausgiebig alle dort lagernden Lebensmittel. Immer wieder schafft es meine Mutter, in unserem Kühlschrank unglaubliche neue Dinge zu entdecken.

»Ihr seid so verschwenderisch«, schüttelte sie den Kopf. »Ihr kauft ständig groß ein, und dann landet die Hälfte im Müll. Hier hat zum Beispiel jemand ein Stück von einem Apfel abgebissen und den Rest in das Kühlfach gepackt – zusammen mit dem Knoblauch. Wer konnte das gewesen sein?«

Ich war sprachlos.

»Und was soll nun daraus werden?«, fragte mich meine Mutter weiter.

»Keine Ahnung«, erwiderte ich, »vielleicht ein Knoblaucheis mit Apfelgeschmack?«

Aber meine Mutter hörte mir überhaupt nicht zu. Sie weiß nämlich, dass ich nichts von Küchenmanagement verstehe.

»Oder hier – diese Teewurst, die habe ich doch für euch letztes Jahr kurz vor Weihnachten gekauft. Die Hälfte davon ist immer noch da. Und sieht eigentlich noch ganz gut aus. Gib sie doch zumindest eurer Katze.«

»Nein, nein, nur nicht der Katze.« Ich versuchte, die Teewurst wieder zu verstecken. Wir haben nämlich eine ganz teure Katze. Sie gehört der edlen Rasse der Katzendalmatiner an und verabscheut sogar *Whiskas*, obwohl das Dosenfutter noch besser als diese Teewurst aussieht.

»Na gut«, sagte meine Mutter, »dann nehme ich sie mit. Vielleicht isst sie dein Vater auf. Aber was ist denn das?« Sie hatte ein großes Stück schwarzbraunen Schimmels aus dem Kühlschrank gezerrt. »War das mal eine Möhre?«

»Nein, eher so etwas wie ein Bund Petersilie«, riet ich aufs Geratewohl. Plötzlich hatte sie auch noch einen Stapel vakuumverpackter Pfannkuchen in der Hand. Die Packung sah wie aufgepumpt aus. Wie und wann sie in unseren Kühlschrank gekommen war, konnte ich nicht erklären. Ich sah sie zum ersten Mal. Und meine Frau war ausgerechnet jetzt nicht da – einkaufen. Meine Mutter legte die gefährliche wirkende Packung auf den Tisch und setzte ihre Brille auf.

»Ich kann nicht richtig sehen, was hier steht; aber das Haltbarkeitsdatum ist doch bestimmt noch nicht überschritten. Wann habt ihr sie gekauft? Der Teig sieht eigentlich noch ganz gut aus, nur ein bisschen Luft ist reingekommen. Ihr werdet sie bestimmt wegwerfen…«

»Darauf kannst du wetten«, sagte ich.

»Nein, ich nehme sie mit, wir müssen nur die Luft rauslassen.«

Sie nahm ein Messer und schnitt die Packung auf.

»Mutter, nicht!«, versuchte ich sie abzuhalten, aber es war zu spät. Die Luft pfiff heraus, und meine Mutter nickte erst zustimmend, bis sie an der Packung roch.

»O Gott!«, sagte sie plötzlich mit tiefer Stimme und drehte sich um hundertachtzig Grad herum.

»Ich habe dich gewarnt!«, sagte ich verlegen zu ihr.

Mit einer Hand hielt sie sich die Nase zu, mit der anderen warf sie schweigend die aufgeschnittene Packung in den Mülleimer.

»Was habt ihr sonst noch Schönes?«, fragte sie dann, als wäre nichts passiert. Doch so richtig Lust, unseren Kühlschrank weiter zu untersuchen, hatte sie nicht mehr.

»Na gut, dann vielleicht ein andermal mehr«, meinte sie. »Und sonst geht es euch gut?«

»Alles in Ordnung, Mama«, sagte ich. Wir umarmten und verabschiedeten uns. Bis zum nächsten Mal.

BELFA
BATTERIEN
BELFA
BATTERIEN

Menschen, die einander überzeugen

So hat das Ganze angefangen: Eines Tages, als wir wie immer unsere Kinder zum Kindergarten brachten, bemerkten wir auf einmal, dass in unserem Bezirk viel mehr Frauen als Männer auf den Straßen hin und her laufen – scheinbar ziellos. Eigentlich hätten wir uns schon damals fragen können: Wo kommen die vielen Frauen her? Sind sie aus Westdeutschland zugezogen, oder wurden sie hier geboren? Hat diese satte Frauenmehrheit etwa etwas mit dem nahe liegenden Multiplexkino Cinemaxx zu tun? Und welche Auswirkungen könnte sie zukünftig auf das Leben am Prenzlauer Berg haben? Wir haben uns aber all diese Fragen gar nicht gestellt, sondern uns nur gesagt: Sieh mal an, so viele Frauen!

Einige Monate später las ich in einer Zeitung, der Bezirk Prenzlauer Berg habe laut Statistik die höchste Schwangerschaftsrate in der ganzen Stadt. Und bei genauerem Hinsehen schien es auch so, als würde die Statistik diesmal stimmen: All die Frauen rings um das Cinemaxx-Center waren auf einmal schwanger, die meisten sogar hochschwanger. Aber auch diese soziografische Besonderheit unseres Bezirks nahmen wir zunächst überhaupt nicht ernst. Wir machten nur ein paar kleine Witzchen darüber: dass sich wahrscheinlich ein richtiger Don Juan bei uns angesiedelt hatte, oder, noch wahrscheinlicher, eine ganze Brigade von Don Juans, die, als ausländische Bauarbeiter getarnt, all die schönen, jungen Frauen hier verführten.

Vor kurzem haben wir diesen ehrenvollen ersten Platz in der Schwangerschaftsstatistik aber wieder verloren: Die meisten Frauen haben inzwischen ihre Babys geboren. Nun rollen vie-

le bunte Kinderwagen durch die Straßen des Bezirks. Das blieb auch für das Geschäftsleben in unserer Gegend nicht ohne Folgen: Sexshops und Frauen-Dessous-Boutiquen machten dicht, stattdessen entstanden etliche Bioläden und etwa ein Dutzend Secondhandshops für Kinderklamotten, einer davon direkt vor unserem Haus. Am Ladeneingang stellten die Besitzer als Erstes eine riesige, aufgeblasene Mickymaus mit einem dämlichen Grinsen im Gesicht aus. Sie war den ganzen Tag von unserem Balkon aus zu sehen. Unsere Kinder waren vollkommen überwältigt von diesem taiwanesischen Gummimonster, wir dagegen eher angeekelt. Zwei Monate lang versank unsere zuvor so friedliche Kleinfamilie in einem Mickymaus-Krieg. Kindererziehung ist ein sehr komplizierter Vorgang. Es war sehr viel Sensibilität und Taktgefühl nötig, um den Kindern glaubhaft zu machen, dass diese Mickymaus Mist

war und noch dazu unverschämterweise fünfundfünfzig Euro fünfzig kosten sollte! Die Kinder wollten oder konnten uns nicht verstehen. »Warum quält ihr uns so?«, jammerten sie immer wieder, »kauft doch einfach den Mist und basta!«

In diesem Krieg waren wir zunächst völlig hilflos. Doch dann, als wir schon fast die Hoffnung aufgegeben hatten, geschah plotzlich ein Wunder: Die Mickymaus, diese hässliche, schrille Gummiblase, war über Nacht verschwunden. Vielleicht hatte sie jemand gekauft. Na, dann viel Spaß beim täglichen Aufblasen! Aber wahrscheinlicher war, dass ein Betrunkener im Vorbeigehen einfach seine Zigarette an ihr ausgedrückt hatte, woraufhin die Maus geplatzt war. Gott, waren wir froh. Zur Wiedergutmachung und als Zeichen des Friedens kauften wir noch am selben Tag für unsere Kinder eine *Barbie, die Katzenfreundin* sowie eine *Babyborn-Puppe*. Letztere musste mit einem speziellen Brei gefüttert werden. Sie konnte schwit-

zen, weinen, schreien, lachen, kacken und pinkeln, und das alles gleichzeitig. Außerdem war sie nicht besonders hübsch und hinterließ ständig Schmutzflecken auf dem Boden. Aber sie grinste zumindest nicht so dämlich.

Menschen mit Datschen

Es war heiß in Berlin, drückend und schwül. Aber so richtig in Urlaub zu fahren, dazu waren wir noch nicht bereit. Die rettende Idee war, für eine Woche ein Haus auf dem Land zu beziehen, eine Datscha. Unsere Freunde lachten uns aus – ohne die richtigen Beziehungen und ohne Vorbereitung mitten im August ein Haus zu finden, das sei unmöglich. Nach langem Suchen schafften wir es dennoch, südlich von Berlin ein passendes Haus für die ganze Familie zu finden. Und was für eins! Keine Pappkiste für eine Nacht, kein Ferienbungalow mit Außenklo, sondern ein richtiges altes Haus zwischen Wald und Fluss. Der Vermieter des Hauses wohnte in einem noch größeren Haus zwanzig Meter weiter. Ihm gehörten fast alle Häuser in der Gegend, auch das Waldcafé, das einzige Lokal in der Gegend. Er war der Herr dieser ganzen Herrlichkeit.

Und wir sitzen nun hier auf der Veranda mit dem Blick auf die Landstraße und beobachten, wie die anderen Naturfreunde mit ihren Autos hin- und herfahren. Die Mehrheit der Ankömmlinge weiß nicht genau, wo sie sich eigentlich befindet. Sie kommen mit dem Auto hierher, mit dem Auto fahren sie zurück, und zwischendurch fahren sie noch mit dem Auto einkaufen. Als ich einen frage, wo wir hier seien, sagt er: »Irgendwo bei Zossen«, ein anderer meint, nahe bei Neuhof. Wie der Fluss heißt, weiß erst recht keiner.

Am anderen Ufer ist eine weitere Datschensiedlung zu sehen. Im Fluss schwimmt ziemlich viel Müll herum, aber nicht willkürlich, sondern streng nach nicht immer nachvollziehbaren, aber klugen Naturgesetzen. An jedem geraden Tag landet der Müll an unserem Ufer. An diesen Tagen gehen wir ins Waldcafé, essen dort ein Bauernfrühstück mit Nüssen und trinken Baikal-Schokolade mit Rum. An ungeraden Tagen verlagert sich die Müllwelle ans andere Ufer, dann gehen wir baden. Heute ist ein ungerader Tag, wir sind aber trotzdem auf unserer Veranda geblieben – das Wetter spielt heute verrückt. In Berlin regnete es bereits am Vormittag, und auch bei uns ziehen langsam Wolken auf. In der Ferne sieht man bereits Blitze und hört es donnern. Alles Leben bereitet sich auf den Sturm

vor und flieht in den Wald. Nur wir sitzen in aller Ruhe auf der Veranda, fünf Fremdkörper in der Natur. Der Hund des mehrfachen Datschenbesitzers kreist um die Veranda, er hat unsere Wurst in der Schnauze, fünf Katzen des Besitzers laufen ihm hinterher. Der jüngste Sohn des Besitzers bildet auf einem na-

gelneuen Motorrad das Rücklicht dieser Prozession, nach ihm kommen nur noch Mücken – viele Mücken. Sie sind im Tiefflug Richtung Wald unterwegs, voll getankt mit unserem Blut. Wir leisten keinen echten Widerstand, wir ergeben uns den Kräften der Natur und bitten um Gnade.

Menschen, die tanzen

Veronika rief mich an.

»Demnächst ist schon wieder Love Parade«, sagte sie. »Diese Veranstaltung zerstört unsere Stadt! Wir haben jetzt bei uns in Schöneberg eine Bürgerinitiative dagegen gegründet und sammeln Unterschriften, damit diese Massenhysterie verboten wird.« Ob ich bereit wäre, den Protestbrief zu unterschreiben?

»Nein«, sagte ich.

Ich habe nichts gegen die Love Parade. Seit Jahren lebe ich am Prenzlauer Berg und habe bisher so gut wie nichts davon mitbekommen. Bei uns wissen zwar alle, dass und wann der

große Umzug irgendwo in Tiergarten stattfindet und dass er von verschiedenen Fernsehsendern den ganzen Tag begleitet wird. Aber wer will schon etwas vom Tiergarten wissen oder gar dorthin fahren? Und tagsüber Fernsehen zu gucken halten wir ebenfalls für obszön. Ich kenne auch sonst niemanden in

unserer Gegend, der sich von der Love Parade bedroht fühlt. Nur mein Nachbar Georgij, der hasst diese Veranstaltung. Einmal, vor etwa zwei Jahren, wollte er mit der Love Parade reich werden, er erwarb bei einem Großhändler dreitausend Flaschen Bier der Marke *Beck's*, die er im Tiergarten mit großem

Gewinn an durstige Raver verkaufen wollte. Georgij meldete sich bei Planetcom, aber die besten Plätze waren längst vergeben. Mithilfe eines Maklers konnte er sich im letzten Augenblick für viel Geld doch noch ein Verkaufsplätzchen besorgen.

Am Tag der Veranstaltung schleppte Georgij seine dreitausend Flaschen dorthin und rechnete sich schon im Voraus seine fantastischen Gewinne aus. Aber der Makler hatte ihn betrogen: Die Love Parade zog gar nicht an Georgij vorbei, sondern tobte weit hinter seinem Rücken. Außerdem stand ein großer leerer Touristenbus genau vor ihm, sodass niemand seinen *Beck's*-Stand sehen konnte. Georgij blieb auf seinen dreitausend Flaschen sitzen. Danach versuchte er sie zu einem günstigen Preis an zwei türkische Imbisse auf der Schönhauser Allee loszuwerden, die Imbissbesitzer lachten ihn aber aus und boten ihm schließlich zwanzig Pfennig pro Flasche. Die Verhandlungen scheiterten. »Ich werde nicht nachgeben!«, sagte Georgij, »lieber trinke ich das Zeug selber.«

Seit zwei Jahren trinkt er nun täglich *Beck's*, er scheint noch immer Vorräte zu besitzen – und kann noch immer nichts Gutes über die Love Parade sagen. Aber Georgij ist eher die Ausnahme. Zum Glück ist Berlin eine Großstadt und in der Lage, eine Madonna-Invasion, drei Volksfeste und zwei Nazidemos gleichzeitig zu verdauen, sodass niemand davon etwas mitbekommt, es sei denn aus der Zeitung. Auch ein bisschen Love Parade muss sein. Millionen Menschen kommen einmal im Jahr aus ganz Deutschland in den Tiergarten, ziehen sich dort aus und springen rhythmisch auf und ab.

»Sie müssen doch auch mal aus ihrem Nussloch oder Bad Krozingen heraus«, versuchte ich Veronika milde zu stimmen. Aber sie lebt in Schöneberg und kann meiner toleranten Einstellung überhaupt nichts abgewinnen.

»Ja«, meinte sie, »lustig tanzen tun sie im Tiergarten, aber zum Pinkeln und Kotzen fahren sie nach Schöneberg und benutzen unsere Treppenhäuser. Du kannst dir nicht vorstellen, was bei uns letztes Jahr los war. Millionen Raver haben unser Haus von allen Seiten stundenlang angepisst. Und Ecstasy färbt den Urin grün, er riecht dann auch besonders stark. Über ein halbes Jahr hat es gedauert, bis der Gestank wieder verschwunden war und die Hausfassade wieder ihre ursprüngliche Farbe hatte – und jetzt kommen sie schon wieder. Also unterschreib bitte«, meinte Veronika.

»Nein«, sagte ich und legte dann auf. Besser wäre es allerdings, dachte ich, wenn die Love Parade jedes Jahr an einem anderen Ort stattfände, damit nicht nur immer in Schöneberg die Häuser grün anlaufen, sondern auch mal in Potsdam, Fürstenwalde oder Marzahn.

Menschen, die kämpfen

Der russische Kunsttheoretiker Schklowskij erfand gern Geschichten, die er dann als wahre Begebenheiten ausgab. Wenn er jemanden zitierte, konnte man nie sicher sein, ob das Zitat wirklich stimmte. So hat er zum Beispiel den Begriff der »Hamburger Rechnung« in die Kunstwissenschaft eingeführt. In Hamburg gab es laut Schklowskij Anfang des Jahrhunderts eine Kneipe, in der sich jedes Jahr die Zirkus- und Straßenkämpfer heimlich trafen, um festzustellen, wer von ihnen etwas taugte. Bei ihren öffentlichen Auftritten mussten die Kämpfer ihre Niederlagen oder Siege oft vortäuschen, sie wurden von korrupten Managern ausgebeutet, von Geldproblemen geplagt und vom Publikum scheel angesehen. Aber einmal im Jahr wollten sie wissen, wie gut sie tatsächlich waren und dabei kämpften sie im Hinterzimmer der Kneipe unter Ausschluss der Öffentlichkeit nach der so genannten Hamburger Rechnung. Die Ergebnisse dieser Kämpfe wurden geheim gehalten. So etwas wie eine Hamburger Rechnung müsste es auch in der Kunst geben, meinte Schklowskij. Wie das gehen soll, hat er allerdings nicht gesagt.

Die Zirkus- und Straßenkämpfer hatten es gut. Gemäß der Hamburger Rechnung mussten sie nichts anderes tun, als alle ihre Konkurrenten k. o. zu schlagen. Wie mein Landsmann, der berühmte Profiboxer Klitschko, einmal treffend sagte: »Der Gegner geht zu Boden – alle verstehen.« Aber die meisten anderen Berufsgruppen, seien es nun Ärzte, Künstler oder Pädagogen, können sich so eine Hamburger Rechnung gar nicht leisten, sie können nicht einfach gegeneinander antreten und sich umhauen. Deswegen sind viele frustriert, scheitern schon bei der Aufnahmeprüfung oder treten ihren Beruf erst gar nicht an.

Meine Nachbarin Susanne zum Beispiel ist Krankenschwester. Seit Jahren arbeitet sie in der Gerontologie. Oft erzählt sie uns von komplizierten Pflegefällen, von ihren langen Nächten im Krankenhaus. Ihre Patienten sterben einer nach dem anderen, die Gerontologie ist praktisch die letzte Lebensstation. Susanne hat also einen anstrengenden Job. Eigentlich wollte sie früher Lehrerin werden. Aber in der DDR musste man dafür zuerst eine Schrei-Prüfung bestehen, um als Lehrer, aber auch als Pfarrer arbeiten zu können. Die Prüferin machte dazu die Tür ihres Arbeitszimmers auf und sagte zu Susanne: »Ich möchte, dass Sie jetzt so laut schreien, dass diese Tür von alleine wieder zugeht.« Susanne schrie aus Leibeskräften, die Fensterscheiben klirrten, aber die verdammte

Tür ging einfach nicht zu. Sie hätte genauso gut aus Beton sein können. »Berufsuntauglich« stellte die Prüferin lapidar fest. Und Susanne fing als Krankenschwester an, wobei sie nebenbei täglich ihre Stimme trainierte. Nach einem halben Jahr konnte sie allein durch Zurufen alle Türen in ihrer Wohnung aus einer Entfernung von zwei Metern auf- und wieder zumachen. Schließlich meldete sie sich erneut zur Lehrerprüfung an.

»Guten Tag«, schrie Susanne die Prüferin an, die Tür ihres Kabinetts ging mehrere Male hintereinander auf und zu, ein Bild fiel von der Wand, zerschellte am Boden und die Prüferin sagte:

»Sie können schreien, so lange Sie wollen, trotzdem scheint mir Ihre Stimme immer noch zu piepsig, also für die Schule total ungeeignet. Ich glaube nicht, dass Sie als Lehrerin Erfolg haben werden«, sagte sie und erklärte Susanne wieder für berufsuntauglich. Kurz darauf brach die DDR zusammen, man brauchte keine Schrei-Prüfung mehr abzulegen. Aber Susanne hatte sowieso keine Lust mehr darauf.

Menschen in Sibirien

Die BVG hatte wieder mal einen Pendelverkehr eingerichtet. Alles fluchte. Auf dem Bahnsteig zog ein riesengroßer Schäferhund einen kleinen Mann an der Leine hinter sich her. Der Hund knurrte gefährlich, und der Mann lächelte gequält. Die Passanten auf dem Bahnsteig machten Platz und gingen dem Paar aus dem Weg. Plötzlich erkannte ich den Hundebesitzer: Es war mein ehemaliger Nachbar Frank, ein großer Tierfreund und engagierter Sozialpädagoge. Vor einem Jahr war er nach Sibirien gefahren, um dort in einem halb verlassenen Dorf namens Krasnojar ein Zentrum für Erlebnispädagogik aufzubauen. Seitdem hatte ich ihn nicht mehr gesehen. Frank freute sich, als er mich wieder erkannte. Er sei eigentlich nur schnell mal für ein paar Tage nach Berlin gekommen, um einen kleinen Neonazi abzuholen, erzählte er mir. Am nächsten Tag wolle er schon wieder zurück nach Krasnojar. Die Erlebnispädagogik laufe dort unten besser als er erwartet hätte, das Zentrum sei immer überbucht. Aus allen Bundesländern schicke man Jugendliche zu ihnen in die sibirische Erlebnistherapie.

»Eigentlich habe ich die Nase schon wieder gestrichen voll davon«, meinte Frank lachend. »Diejenigen, die davon am meisten profitieren, sind unsere Kollegen in Deutschland. Hier zu Lande legt sich die Sozialpädagogik wie ein Netz über alle Auswüchse der Gesellschaft: Für alles und jeden gibt es eine Extraeinrichtung – für Drogensüchtige, minderjährige Au-

todiebe, Jungalkoholiker, Neonazis, Babystricher, unreife Schläger, weggelaufene Waisenkinder und so weiter. Aber wenn einer nicht genau in eine dieser Kategorien reinpasst; ein elternloser, drogenabhängiger Neonazi zum Beispiel oder ein gewalttätiger Stricher, der Autos klaut und Alkoholprobleme

hat, dann will ihn hier niemand haben. Solche Jugendliche sind auf sich selbst gestellt und landen schließlich beim Sozialamt, wo sie Angst und Schrecken unter den Sachbearbeiterinnen verbreiten. Für die ist die Erlebnispädagogik ein wahrer Segen. Sie schicken ihre Klienten für ein Jahr nach Sibirien und haben wieder ihre Ruhe.«

»Sibirien ist bestimmt eine harte Prüfung für die Jungs, haben sie dort eigentlich Kontakt zu den Einheimischen?«, fragte ich ihn.

»Viel zu engen Kontakt sogar«, meinte er. »Und eine harte Probe ist es für sie auch nicht, eher das Paradies. Dort gibt es alles umsonst: In jedem Haus wird Schnaps gebrannt, in der freien Natur wachsen Drogen aller Art, so weit das Auge reicht. Und Geld braucht man nicht. Handys und Autos gibt es dort nicht, nur ein paar Traktoren, die meistens kaputt sind. Die Jungs sind also da unten von allen Zwängen der kapitalistischen Konsumwelt befreit. Auch wenn sie so gut wie gar nichts haben, besitzen sie doch noch mehr als die Dorfbewohner. Und die Einheimischen sind ja auch alle mehr oder weniger

Sozialfälle. Also fühlen sich unsere Jungs dort wohler als zu Hause.«

»Und die Neonazis? Was machen die in Sibirien?«, erkundigte ich mich. »Sie müssen doch vor Sehnsucht nach Deutschland schier verrückt werden.«

»Theoretisch schon«, meinte Frank, »praktisch aber überhaupt nicht. Stattdessen hacken sie Holz für die alten Leute im Dorf und kriegen dafür Schnaps, oder sie spielen mit den einheimischen Alkoholikern bis zum Umfallen Fußball. Manchmal prügeln sie sich auch. Die Einheimischen verspotten unsere Jungs nämlich und halten sie für dumm, weil sie aus Deutschland weggegangen und in so einem sibirischen Nest gelandet sind. ›Lasst uns einen Erfahrungsaustausch organisieren‹, sagen die Einheimischen, ›und schickt uns im Gegenzug nach Deutschland, wir brauchen auch eine Therapie.‹ Eigentlich wäre das gar keine schlechte Idee, denn von den Jungs will keiner mehr hierher zurück, und so wird die Bande da unten immer größer. Ich habe keinen Überblick mehr, wer wen dort eigentlich therapiert.«

Inzwischen war Franks Zug angekommen, der Hund zerrte an der Leine und riss seinen Besitzer in den U-Bahn-Waggon.

»Bis zum nächsten Mal in Berlin«, konnte er mir gerade noch zurufen. Die Türen schlossen sich, sein Zug fuhr los – nach Norden, schon fast in Richtung Sibirien. Ich blieb auf dem sonnigen Berliner Bahnsteig zurück. In der »FAZ« fand ich später einen Artikel mit der Überschrift »Sibirien ist eine deutsche Seelenlandschaft«. Sieh mal einer an, dachte ich.

Menschen am Feuer

Die aktuelle Achtundsechziger-Debatte beweist endgültig, dass wir uns in einer Zeitschleife befinden. Plötzlich kehren auch noch die Siebziger zurück. Im Rundfunk singen ununterbrochen die Beatles, im Fernsehen ärgern sich die Studenten aus den Siebzigerjahren über die Polizei und liefern ihnen Straßenschlachten. Ich wurde erst 1967 geboren und kam ganz woanders zur Welt: in Moskau, im Land des real existierenden Sozialismus. Aber auch wir hatten damals unsere Schlachten,

unsere kleinen Siege und großen Niederlagen. Gleich nach meiner Geburt bekamen meine Eltern eine Zweizimmerwohnung vom Staat, als eine Art Aufmunterung oder Entschädigung für die Qualen meiner Geburt: Sie zogen aus einem Schlafbezirk in einen anderen um.

Gegenüber von unserem neuen Haus befand sich ein großes Kaufhaus, auf dessen Fassade »Streichhölzer« stand. Die Bewohner des Bezirks machten sich darüber lustig. »Jawohl«, sagten sie, »wenn hier zu Lande auch so manches fehlt, Feuer werden wir immer haben.« In dem Kaufhaus konnte man zwar alles Mögliche bekommen – Brot, Tomatensaft in Dreiliter-Büchsen, Butter und Portwein, Hosen und Hemden und manchmal sogar Cowboy-Stiefel aus Ungarn –, aber all diese Produkte waren nie dauerhaft vorhanden, sie kamen unregelmäßig und verschwanden schnell wieder aus den Regalen. Streichhölzer gab es dagegen immer.

Meine Freunde und ich gingen damals gerade in die fünfte Klasse und langweilten uns zu Tode. Außer Rauchen auf der

Toilette und mit Zwillen schießen fiel uns nichts ein. Einige Mädchen aus unserer Klasse nahmen nach der Schule Ballettunterricht, der regelmäßig dreimal die Woche im Kulturklub stattfand. Die anderen Mädchen, die fürs Ballett zu dick oder zu faul waren, hingen nachmittags in der Schule herum und pausten die aktuellen Schnittmuster in polnischen Frauenzeitschriften ab.

Für die Jungs gab es im Kulturklub zwei Möglichkeiten: Mitglied eines naturkundlichen Schülerzirkels zu werden und Kaninchen zu füttern oder im Chor der jungen Pioniere mitzusingen. Wir wollten aber mehr. Uns ödete der Klub an. Für den Chor waren wir nicht debil genug, und die verängstigten Kaninchen interessierten uns auch nicht. Wir sehnten uns nach wilden Abenteuern und großen Heldentaten, die uns unser Arbeiterbezirk jedoch nicht bieten konnte. Deswegen beschlossen wir, eine geheime Organisation zu gründen und politisch aktiv zu werden. Unser Ziel war es, die Bevölkerung des Bezirks so lange zu terrorisieren, bis alle verstanden, dass es so nicht mehr weiterging. Unsere politischen Überzeugungen waren unterschiedlich, aber in einem Punkt waren wir uns alle einig: Das gesamte Leben hier musste sich grundsätzlich ändern. Wir überlegten uns krampfhaft eine politische Aktion, um die Existenz unserer kleinen Organisation für die Bevölkerung sichtbar zu machen. Es gab so viel zu tun, aber wo sollte man anfangen?

Ungeschickterweise wählten wir das Kaufhaus »Streichhölzer« zu unserem ersten Tatort. Unser Plan war gewaltfrei, aber eindrucksvoll: Wir wollten alle Streichhölzer wegkaufen und dadurch Unruhe in der Bevölkerung auslösen. Mit dem Geld, das uns die Eltern für das Schulfrühstück gaben, fünfzehn Kopeken pro Nase, konnte jeder von uns jeden Tag fünfzehn Schachteln Streichhölzer kaufen. Unser Kampf gegen das Kaufhaus zog sich über Monate hin, einige Kilo Streichhölzer häuften sich schon in unserem Versteck im Wald.

Ohne das gewohnte Frühstück magerten wir inzwischen stark ab, und das Risiko entdeckt zu werden, wurde auch von Tag zu Tag größer. Das verdammte Kaufhaus wollte aber nicht klein beigeben. Wir hatten keine Ahnung, wie diese sozialistische Planwirtschaft wirklich funktionierte, wie viel von dem Zeug sie dort noch vorrätig hatten. Vielleicht waren es Milliarden? Vielleicht noch mehr? Wir sahen uns also gezwungen, die Kampftaktik zu ändern, und beschlossen, über Nacht das Kaufhaus anzuzünden. Auf diese Weise konnten wir drei Kaninchen mit einem Schlag erledigen: ein Zeichen setzen, Unruhe stiften und gleichzeitig unsere fünf Kilo Streichhölzer loswerden, womit wir sauber aus der Sache heraus wären.

Wir verschafften uns Zugang zu den Kellerräumen des Kaufhauses, was gar nicht schwer war, trugen unsere ganzen Streichholzvorräte dorthin, legten noch ein bisschen Zeitungspapier obendrauf und zündeten den Haufen an. Zu unserem Erstaunen waren alle Brandstifter-Bemühungen umsonst: Die

Streichhölzer qualmten und stanken, brannten aber nicht. Sie waren wahrscheinlich nass oder einfach schlecht – keine Qualitätsware. Dicker stinkender Nebel war das einzige Ergebnis unseres Terroranschlags. Wir bekamen keine Luft mehr im Keller, fühlten uns überfordert und zogen Leine. An dem Tag beschlossen wir, in den Untergrund zu gehen.

Tolerante Menschen

Martin Stankowski, ein WDR-Korrespondent, erzählte mir neulich in Frankfurt am Main von seiner Forschung über »Schräge Orte« und »Starke Plätze in Nordrhein-Westfalen«. In Köln entdeckte er zum Beispiel ein muslimisches Hockklo, gleich am Roncalliplatz hinter dem Dom. Es ist in der Männerabteilung der gerade von einem Türken gepachteten öffentlichen Toilette gleich hinter der letzten Tür links. Der alte Herr,

der auf diese Einrichtung aufpasst, lässt nicht jeden rein, er hält die Tür stets verschlossen: »Damit die Ausländer es nicht beschmutzen«, erklärte er dem Journalisten.

Für die Touristenmassen, die aus dem Kölner Dom strömten und auf das muslimische Hockklo wollten, mochte es vielleicht als eine multikulturelle Sehenswürdigkeit taugen, mich ließ es dagegen kalt. Bei uns in Russland waren alle sanitären Einrichtungen schon vor einer Ewigkeit zu Hockklos mutiert. Die Schüsseln waren so unappetitlich geworden, dass keiner sich mehr draufsetzte. Alle balancierten wie einsame Adler über ihren Schüsseln. Auch die freie Marktwirtschaft hat die Toiletten in Russland nicht sauberer gemacht, dafür kann man aber jetzt fast überall auf dem Klo Radio hören. Die Toilettenprogramme bestehen zum größten Teil aus Werbespots, die ab und zu von kurzen musikalischen Fragmenten unterbrochen werden. Diese neue Werbestrategie funktioniert anscheinend ganz gut, weil man in Russland traditionell viel Zeit auf dem Klo verbringt und die Lautsprecher nicht auszuschalten sind. Sie werden von einer Toiletten-Radiozentrale fernbedient.

Viele Leute finden diese Dauerberieselung auch cool. Meine Tante zum Beispiel, die vor kurzem zwei Monate in Moskau verbrachte, war von der Idee so begeistert, dass sie sich sofort, als sie wieder in Berlin war, beim *Otto-Versand* einen Toilettenpapierhalter mit eingebautem Radioempfänger der Firma *Tissue* bestellte. Das Gerät schaltet sich automatisch an, wenn das Licht im Badezimmer angeht. Dadurch ist meine Tante inzwischen zum bestinformierten Mitglied unserer Familie geworden. Als ich sie neulich in Kreuzberg besuchte, lief gerade »Der runde Tisch« zum Thema »Deutschnationale Kultur im Kampf gegen die multikulturelle Gesellschaft« auf dem Klo. Die Stimmen von Politikern und Soziologen füllten das gut beheizte Badezimmer mit immer neuen Argumenten für und gegen die Leitwerte der deutschen Nationalkultur. Ich zog ein großes Stück Toilettenpapier aus dem Rundfunkempfänger und überlegte, was mit diesen Begriffen eigentlich gemeint war. Wie schaffte man es, genug Konservatismus für ein nationalkulturelles Leitbild zusammenzukratzen und nicht gleichzeitig auf der Welt unangenehm als Nazikultur aufzufallen?

Angesichts dieser extrem schwierigen Aufgabe würden sich meine Frau und ich als Leitfiguren der deutschen nationalen Kultur geradezu anbieten. Wir führen ein ziemlich spießbürgerliches Leben, haben aber gleichzeitig für jeden Blödsinn Verständnis. Meine Frau ist Mitglied des Elternrates im Kindergarten, ich zahle Steuern und werde von vielen deutschen Autogrammsammlern als Person des öffentlichen Lebens angesprochen. Unsere ganze Familie ist für absolute Stille nach dreiundzwanzig Uhr, unter Umständen sogar noch früher. Außerdem essen wir gerne Würstchen und sehen uns regelmäßig die Harald-Schmidt-Show an. Gut, wir mögen kein Bier, aber auch die Sonne hat Flecken. Ich wäre sogar bereit, ab und zu ein paar Gläschen *Schultheiss* zu trinken, wenn ich dann offiziell als Leitwürstchen der deutschen Nationalkultur anerkannt würde.

Menschen, die erziehen

Mit sieben hat man noch Träume. Doch unsere Kinderträume waren bescheiden und harmlos. Als ich in dem Alter war, wünschte ich mir hauptsächlich, so schnell wie möglich mit dem Rauchen anzufangen. Außerdem wollte ich die große Flasche Spiritus klauen, die mein Vater in seiner Fabrik heimlich abgefüllt hatte und im Kühlschrank aufbewahrte. Ich hatte vor, diesen Sprit in unserem Keller, in dem mehrere Kinderwagen der Nachbarschaft standen, zur Explosion zu bringen. Abgesehen davon sammelte ich Geld, um mir einen kleinen Zwillingsbruder zu kaufen. Der sollte mich später in der Familie ersetzen, damit meine Eltern weiterhin beschäftigt wären, wenn ich abhaute. Kurzum: Ich träumte nicht, ich arbeitete nach Plan.

Meine Frau wollte als Kind unbedingt eine Eule haben, dazu eine Katze, einen Kanarienvogel und mehrere Schlangen. Sie brauchte außerdem weiße Jeans und von ihrer Mutter die Stretchstiefel mit den Plateausohlen. Alle unsere Träume waren bodenständig und durchaus realisierbar, deswegen gingen sie wahrscheinlich später auch alle in Erfüllung. Abgesehen von meinem Zwillingsbruder natürlich. Wir waren Realisten, wollten dieses und jenes ausprobieren und schmiedeten keine großen Pläne fürs Leben. Keiner von uns wollte Prinz, Kosmonaut oder Ballerina werden. Und jetzt sind wir froh, dass wir es auch nicht geworden sind.

Ganz anders ist es bei unseren Kindern. Die jungen Leute von heute beginnen zwar schon sehr früh mit der Lebensplanung, bewegen sich aber in einer Märchenwelt. Sie haben von nichts Ahnung, und deswegen scheint für sie alles erreichbar zu sein. Meine fünfjährige Tochter zum Beispiel ist fest entschlossen, sich in einen Schmetterling zu verwandeln. Deswegen zieht sie die Flügel von ihrem Biene-Maja-Faschingskostüm seit Wochen nicht mehr aus. Obwohl man mit diesen Flügeln kaum richtig gehen kann, vom Fliegen ganz zu schweigen. Das Biene-Maja-Kostüm made in Thailand ist keine Qualitätsware und für meine Tochter viel zu groß. Sie bleibt damit in jeder Tür stecken und kann weder sitzen noch liegen. Außerdem geht ständig der eine oder der andere Flügel ab, was für zusätzlichen Stress sorgt. Inzwischen haben die Flügel durch ständiges Zerknicken ihre ursprüngliche Form schon völlig verloren, und meine Tochter sieht aus wie ein Engel, der durch einen Fleischwolf gedreht wurde. Doch diese Tatsache wird von ihr ignoriert. Beflügelt geht sie ins Bett, beflügelt aufs Klo. Ihre Zukunft steht fest: Sie will sich in einen

Schmetterling verwandeln, in einen Prinzen verlieben und ihn dann heiraten. Das war's. Ein Leben nach der Hochzeit ist nicht geplant.

Mein dreijähriger Sohn ist da etwas bescheidener: Er will sich zu einem Ritter ausbilden lassen. Die ritterlichen Utensilien besitzt er auch bereits alle: zwei Schwerter, eine Ritterrüstung und einen Helm. Trotzdem ist er sich noch unsicher und fragt alle möglichen Leute immer wieder: »Na, sagt mal, bin ich nun ein Ritter oder nicht?« Aus Zeichentrickfilmen weiß er, dass so ein Ritterleben kein Vergnügen ist, und deswegen bereitet er sich jetzt schon gründlich darauf vor. Er will nur noch im Stehen pinkeln und schleppt immer beide Schwerter mit sich herum, um nicht von Feinden überrascht zu werden. Wie soll man diese Kinder nun einigermaßen realistisch erziehen? Das steht in keinem Pädagogikbuch.

Menschen, die einander was erzählen

Nachdem ich ein Buch mit dem Titel »Schönhauser Allee« herausgebracht habe, genieße ich verstärkt die Aufmerksamkeit der Einwohner rund um die Schönhauser Allee. Unbekannte sprechen mich auf der Straße an und geben mir gute Ratschläge und Tipps, worüber ich noch berichten sollte, welche Obst- und Gemüsegeschäfte, Kneipen und Grünanlagen noch unbedingt erwähnt werden sollten und wie man überhaupt Bücher zu schreiben hätte. Einige wollen mir eigene Geschichten erzählen oder meine Deutschkenntnisse verbessern.

»In Ihrem Buch schreiben Sie ›Karotte‹«, sagte neulich ein Mann mit einer Butterstulle in der Hand zu mir, als ich einkaufen ging.

»Bitte?«, fragte ich ihn.

»In Ihrem Buch schreiben Sie ›Karotte‹«, wiederholte er,

»und ›Karotte‹ ist ein Kaufhauswort. Man sagt zu Karotte normalerweise ›Mohrrüben‹ oder ›Möhrchen‹ oder ›Wurzeln‹. Im Großen und Ganzen finde ich Ihr Buch aber in Ordnung, machen Sie weiter so«, sagte der Mann mit der Stulle und verabschiedete sich. Danach kam eine alte Frau auf mich zu.

»Wissen Sie übrigens, wer in Ihrem Haus früher gewohnt hat?«, fragte sie mich.

»Sie wahrscheinlich«, riet ich aufs Geratewohl und hatte prompt Recht. Die Frau erzählte mir anschließend, wer in dem Haus noch so alles gewohnt hätte: vor der Wende, vor dem Mauerbau und vor dem Zweiten Weltkrieg. Auch darüber sollte ich mal was schreiben. Einige meiner Bekannten, die auch auf der Schönhauser Allee leben, fühlten sich animiert, ebenfalls ein Buch über ihre Umgebung zu schreiben und sammeln jetzt schon Material dafür. Zum Beispiel Karsten.

Ich sehe diesen Versuchen gelassen entgegen. Die Schönhauser Allee ist schließlich keine Sperrzone, also für alle begeh- und beschreibbar. Und Stoff für Geschichten gibt es auch genug für alle. Neulich besuchte ein Polizist unsere Bekannten, weil deren Wohnungstür offen stand und die Nachbarn es deswegen mit der Angst bekamen. Sie riefen die Polizei an. Es war aber gar nichts passiert. Allerdings vergaß der Polizist beim Gehen sein Notizbuch auf dem Küchentisch, in dem er alles aufgeschrieben hat-

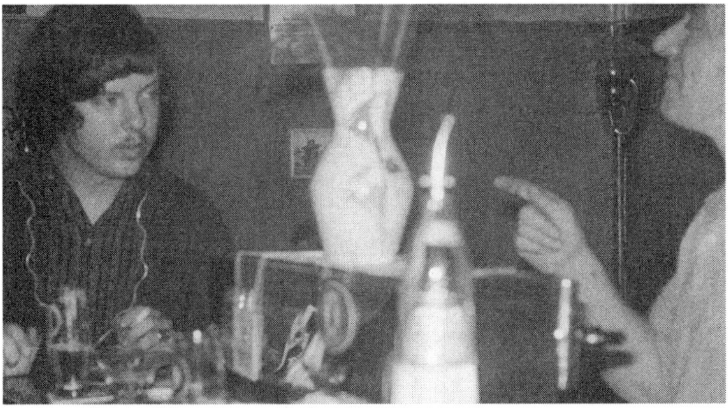

te, was sich während seiner Dienstzeit an einem einzigen Tag auf der Schönhauser Allee so abgespielt hatte. Es las sich wie ein Kriminalroman und begann mit den Worten: »17 Uhr 20. Vor dem Eingang des Café Y. ›Ich haue dir gleich eine in die Fresse, du blöde Bullensau‹, sagte der Verdächtige, ging zwei Schritte zurück und kippte auf der Stelle um. Der andere Verdächtige sagte daraufhin: ›Den Penner sehe ich hier zum ersten Mal.‹ Danach rannte er über den Hinterhof und versteckte sich hinter einer Biomülltonne. Beide Verdächtige schienen ziemlich betrunken zu sein.« So ging es endlos weiter. Aber ich kann hier leider nur diesen kleinen Ausschnitt bringen, denn der Besitzer des Küchentischs, auf dem der Polizist sein Notizbuch vergaß, beansprucht sämtliche Verwertungsrechte für dieses tolle Fundstück. Es kam zwischen mir und ihm zu einer regelrechten Verwertungsschlacht verbaler Art. Schließlich einigten wir uns dahingehend: Wer zuerst kommt, mahlt zuerst, und dem Letzten bleiben nur die Krümel.

Menschen und Tiere

Ein altes Sprichwort sagt: Die bittere Wahrheit ist besser als eine süße Lüge. Ich meine aber, eine richtig süße Lüge ist nicht weniger wertvoll als die Wahrheit, sie kann einem sogar zum Glück verhelfen. Ohne Lügen kämen auch viele Beziehungen kaum zu Stande. Ich war gerade sieben Jahre alt und ging in die erste Klasse, als ich mich zum ersten Mal verliebte. Neben mir saß ein Mädchen namens Julia, das mir sehr gefiel. Ich wollte sie näher kennen lernen, wusste jedoch nicht, wie ich das an-

fangen sollte. Mir fehlte die Erfahrung. Meine Freunde behaupteten, ich müsse Julia unbedingt zu mir nach Hause abschleppen, nur wie das zu organisieren war, verrieten sie mir nicht. In meiner Verzweiflung entdeckte ich dann unverschämtes Lügen als Lösung des Problems.

Eines Tages nach dem Unterricht sprach ich Julia einfach an. Ich erzählte ihr, dass bei uns zu Hause ein lebender Affe in der Badewanne wohne, den mein Vater von einem afrikanischen Präsidenten als Geschenk bekommen habe, als er einmal mit einem wichtigen Regierungsauftrag unterwegs gewesen sei. Das war absoluter Quatsch, doch Julia schien interessiert zu sein. Der Affe sei ganz intelligent, erzählte ich weiter, er verstehe die menschliche Sprache und esse am liebsten Süßigkeiten wie Kuchen oder Obst. Meine Lüge funktionierte. Julia war bereit, mit mir nach Hause zu gehen und sich den Affen anzuschauen. Ich war sehr glücklich. Außerdem hatten wir sturmfreie Bude, da weder meine Eltern noch irgendein Affe anwesend waren. Doch die Abwesenheit des Affen störte mich überhaupt nicht. Ich log einfach weiter, und je mehr ich log, desto glücklicher wurde ich. Spontan erklärte ich Julia, dass unser Affe gerade spazieren gegangen sei und wahrscheinlich bald zurückkäme.

Julia ahnte wahrscheinlich schon, dass ich sie betrog, doch ihr fehlte der Mut, mich zu entlarven. Nichts auf der Welt konnte mich aufhalten. Meine Liebe war ein sehr hübsches Mädchen. Sie saß im Sessel und wartete geduldig auf den Affen, ich machte für uns beide Tee. Nach einer halben Stunde hörten wir, wie jemand in die Wohnung kam. Na endlich, atmete ich entspannt auf, endlich ist der Affe zurück! Für einen Augenblick glaubte mir Julia, ihre Augen wurden ganz groß. Es war aber nicht der Affe, sondern mein Vater, der gerade von der Arbeit kam. »Blödmann«, sagte Julia zu mir, nahm ihre Sachen und ging nach Hause. Ich schwebte im siebten Himmel. Und auch sie hatte sich anscheinend amüsiert. Sie lachte mich wegen der Affengeschichte nicht aus und war mir auch nicht böse. Im Gegenteil, danach wurden wir gute Freunde.

Menschen, die spielen

»Ich hätte gern gewusst, welcher Idiot unserem Sohn dieses schreckliche Schwert geschenkt hat«, schimpft meine Frau. Gerade eben wurde sie von Sebastian an einer empfindlichen Stelle erwischt. Ich schaue nachdenklich an die Decke und tue so, als hätte ich damit nichts zu tun. Oder soll ich meiner Frau sagen, dass ich es war? Aber was hätte ich tun sollen? Gestern sah ich im Schaufenster eines Spielzeugladens dieses Set für Kleinkinder im Sonderangebot. Es war tatsächlich sehr preiswert: Wo bekommt man

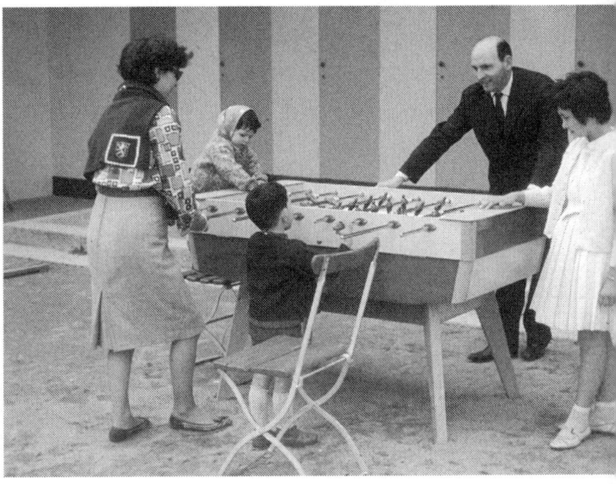

heutzutage noch eine große rote Maschinenpistole, ein paar Plastikhandschellen und ein japanisches Schwert für weniger als fünf Euro? Und Sebastian kam dieses Geschenk gerade recht. Unser dreijähriger Sohn steckt mitten in einer neuen Phase seines Kinderlebens: Er bewaffnet sich und lässt sich vom Bösen faszinieren. Seine Lieblingshelden sind zur Zeit die gemeinen Gänse, die Kinder klauen, sowie Hexen und Dinos, die andere Dinos fressen. Wir machen uns deswegen keine allzu großen Sorgen, weil wir wissen, dass diese Phase schnell vorbeigehen wird. Auch unsere Tochter hatte in dem Alter ihrer Mutter öfter mal angeboten, für sie den Drachen zu spielen.

»Was soll ich dabei tun?«, fragte meine Frau damals noch naiv.

»Gar nichts«, meinte unsere Tochter und lächelte milde. »Du bleibst einfach, wo du bist, und ich fliege zu dir rüber und kratze dir die Augen aus!«

Meine Frau war entsetzt, doch heute ist unsere Tochter ein nettes Mädchen, das keiner Fliege etwas antun will. Und nun ist der Sohn dran. Schwer bewaffnet lauert er in einem von ihm selbst gebauten Hinterhalt im Korridor und wartet darauf, dass jemand vorbeikommt. Dann greift er an. Jetzt hat es die Oma erwischt.

»Sebastian«, sagt sie zu ihm, »du bist doch ein so lieber Junge. Lass die Waffen fallen.«

Sebastian bleibt hart. »Ich bin sehr, sehr böse«, widerspricht er, »ich habe kein Herz und auch kein Gewissen!« Danach versteckt er sich wieder im Korridor. Mein Sohn redet schon wie

der amerikanische Präsident, wenn der von Osama Bin Laden spricht. Ich reagiere dennoch gelassen auf seine Kriegsspiele. Ein bisschen Action braucht man als Kind. Weder meine Frau noch ich hatten in unserer Kindheit so viel Spielzeug, deswegen kaufen wir immer wieder gern neues – nicht nur wegen der Kinder. So fing meine Frau zum Beispiel eines Tages an, sich für Puzzles aller Art zu interessieren. Zuerst kaufte sie für die Kinder einen Zwanzig-Teiler und für sich einen Zweihundert-Teiler, dann einen Vierhundert-Teiler und neulich sogar einen Tausender. Zwei Nächte verbrachte sie mit dem Puzzle, um damit eine Vase mit einem Blumenstrauß darin zusammenzusetzen. Dann entdeckte Sebastian das unfertige Bild und machte aus dem Tausender-Puzzle einen Zweitausender. Am nächsten Tag packte meine Frau das Puzzle wieder in den Karton und warf es in die Mülltonne. »Wahrscheinlich sind wir doch zu alt für solche Spiele«, meinte sie.

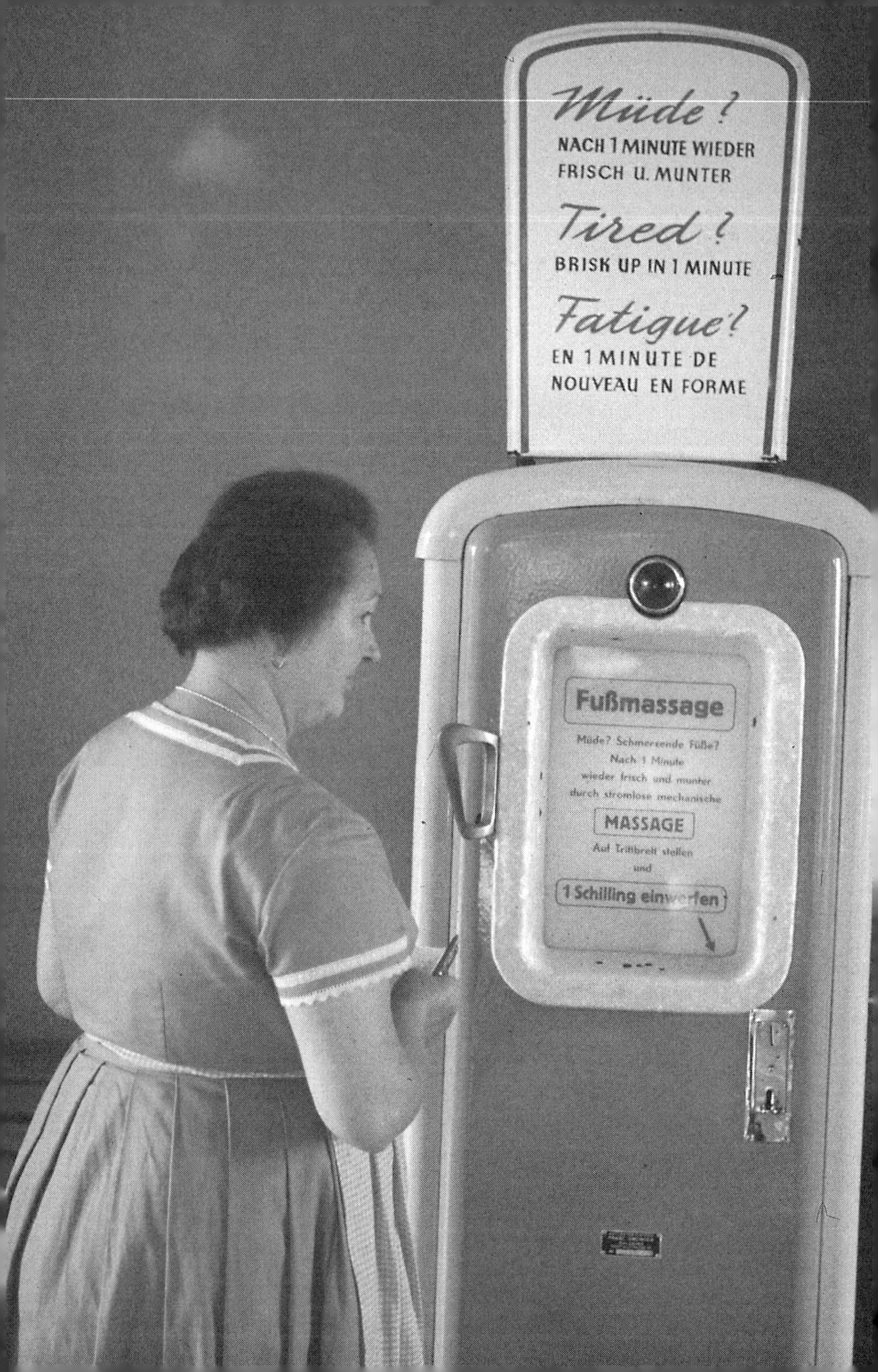
Müde?
NACH 1 MINUTE WIEDER
FRISCH U. MUNTER
Tired?
BRISK UP IN 1 MINUTE
Fatigue?
EN 1 MINUTE DE
NOUVEAU EN FORME
Fußmassage
Müde? Schmerzende Füße?
Nach 1 Minute
wieder frisch und munter
durch stromlose mechanische
MASSAGE
Auf Trittbrett stellen
und
1 Schilling einwerfen

Mensch und Maschine

Viele meiner Nachbarn schimpfen auf die Schönhauser Allee, einige verteufeln sie sogar regelrecht. Nicht wegen des Lärms oder der Stinkwolken, sondern wegen der fehlenden Parkplätze. Dies scheint zur Zeit eins der größten Probleme hier zu

sein. Der Rekord meines Freundes und Nachbarn Dmitrij bei der Parkplatzsuche liegt derzeit bei fünfundvierzig Minuten. Andere verbringen jedoch halbe Nächte damit. Oft und gerne erinnere ich mich in diesem Zusammenhang an meine Heimat, die Akademiker-Pawlow-Straße in Moskau. Sie war ein wahres Paradies für Autofahrer: groß, breit und leer. Man konnte überall parken. Nur gab es dort kaum Autofahrer. Dennoch wurden die wenigen Pkws vor unserem Haus von den alten Leuten geradezu verteufelt: Irgendwie hatte sich in der öffentlichen Meinung die Einstellung festgesetzt, dass die Automobilität nur Unglück bringt. Und oft wurden diese Vorurteile auch noch vom Leben bestätigt.

Auf unserer Seite des Hauses wohnten nur zwei Auto-Freaks, aber beide endeten schlimm: Der eine starb, der andere landete im Gefängnis. Ersterer, ein pensionierter Oberst aus dem fünften Stock, kaufte sich zu seinem sechzigsten Geburtstag einen Wolga. Er reiste durch die halbe Sowjetunion, um den Wagen direkt vom Werk weg in Empfang zu nehmen. Gegen einen kleinen Aufpreis durfte er sich sogar auf dem riesigen Fabrikparkplatz einen unter hunderten auswählen. Der Oberst kannte sich gut mit Autos aus. Er hatte einmal drei alte Wolgas auseinander genommen und sich innerhalb eines Tages einen neuen daraus gebastelt, der sogar fuhr. Doch jetzt merkte er auf dem Heimweg, dass tief im Inneren seines neuen Fahrzeugs doch verschiedene Teile fehlten. Der Oberst parkte den Wagen vor unserem Haus und fing an, ihn zu vervollständigen. Von nun an bekamen wir ihn kaum noch zu Gesicht. Tagsüber war er in der Stadt unterwegs, um die notwendigen Ersatzteile aufzutreiben, und abends lag er mit seiner Taschenlampe unter dem Auto.

Einen ganzen Herbst lang ging das so: Manchmal war der Oberst verzweifelt, manchmal setzte er sich voller Entschlos-

senheit auf den Fahrersitz, ließ den Motor an und trat auf das Gaspedal. Das Auto hustete und schnäuzte, eine dunkelbraune Flüssigkeit tropfte aus dem Auspuff, die alten Leute schimpften. Im Winter bekam der Oberst eine Nierenentzündung und musste ins Krankenhaus. Als er drei Wochen später wieder nach Hause kam, war sein Wolga ein riesiger Eisberg.

»Macht nichts«, sagte der Oberst, »im Frühling arbeite ich weiter dran.«

Kurz bevor der Frühling kam, Ende März, starb er jedoch. Sein Auto stand noch viele Jahre vor unserem Haus, zur Freude aller Kinder.

Der andere Autofreund wohnte im zweiten Stock und war Alkoholiker. Die ganze Woche schuftete er auf verschiedenen Baustellen unseres Bezirks. An den Wochenenden saß oder stand er mit anderen Alkoholikern zusammen am Getränkeautomat in der Nähe des Lebensmittelladens und trank Wodka mit Bier. Autos waren seine zweite große Leidenschaft. Immer wieder lieh er sich von seiner gerade aktuellen Arbeitsstelle ein Fahrzeug aus. Einmal kam er mit einem Bulldozer nach Hause, ein andermal sogar mit einem Bagger. Jedes Mal lösten seine Auftritte große Begeisterung unter seinen Freunden vom Bierautomaten aus. Alle wollten eine Runde mit dem Bulldozer drehen.

Eines Tages entführte unser Nachbar einen fahrbaren mittelgroßen Verladekran von seiner Baustelle. »Mit dieser Maschine werden wir unsere Lebensbedingungen deutlich verbessern!«, erklärte er seinen Freunden. Er hatte die Idee, den Bierautomaten mit dem Kran anzuheben und ihn zu sich nach Hause zu transportieren, damit die ganze Runde dort in der warmen Küche sitzen und sich quasi vom Fenster aus bedienen konnte. Die Alkoholiker hoben den Automaten hydraulisch an. Sie hatten nicht damit gerechnet, dass unter dem Automaten das Bierrohr verlegt worden war. Nicht einmal die Miliz und die Feuerwehr konnten den Bierstrahl zähmen, und noch nach Stunden verfolgten die Bewohner unseres Hauses, die mit großen Drei-Liter-Gläsern angerückt waren, begeistert, wie aus unserer sonst so unfruchtbaren Erde reines Bier sprudelte. Der Alkoholiker landete im Gefängnis, der Verladekran wurde zurück auf die Baustelle gefahren und der Bierautomat vor dem Lebensmittelladen zur Strafe nicht wieder aufgestellt. In unserem Bezirk kehrte Stille ein, und vor unserem Haus standen keine Maschinen mehr. Nur die jungen Mütter rollten zu zweit oder zu dritt ihre Kinderwagen durch die Akademiker-Pawlow-Straße und sprachen über das unvermeidlich Böse im Leben: Windpocken, Keuchhusten und Mumps.

Ariel
PREISE
Deo-Spray
co op

Menschen, die lesen

Was tun gegen die Langeweile? Man kann natürlich ins Kino gehen oder im Wald nach Pilzen suchen, doch das beste Mittel gegen die Langeweile ist und bleibt ein Buch. Keine andere Kunst kann das Leben so glaubwürdig imitieren wie die Literatur. Ein Film ist nach zwei Stunden zu Ende, ein dickes Buch schickt den Leser für mindestens drei Tage auf die Reise. Manche Leser kehren gar nicht mehr ins reale Leben zurück.

Natürlich besitzen nicht alle Bücher solch eine magische Kraft, und die Belletristik schon gar nicht. Die Könige der literarischen Wirkung sind ohne Zweifel die Ratgeber. Von den Le-

sern geliebt, von der Kritik missachtet, landen sie so gut wie nie auf den Bestsellerlisten, obwohl sie viel größere Auflagen als alle Weltliteratur und auf jede Frage eine Antwort parat haben. Wie kriege ich einen Multiorgasmus? Wie werde ich ein richtiger Mann? Wie wird man Millionär? Das lesen die Männer.

Wie bleibe ich ewig jung und schön und schlank? Wo finde ich einen Millionär? Am besten einen mit Multiorgasmus? Und wenn ich ihn finde, was koch ich ihm zu Mittag? Das lesen die Frauen.

Dann tauchen neue Fragen auf: Wie kriege ich das alles in den Griff und höre mit dem Rauchen auf? Und wie werde ich den Millionär wieder los? Die Zeit vergeht. Die mehrfachen Multimillionäre mit Multiorgasmus und die ewig jungen schlanken Frauen lesen Ratgeber und vergessen sich dabei völ-

lig. Sie werden älter, sie sterben. Dann bekommen ihre Kinder die Ratgeber. Sie geben ihrem Leben Sicherheit und helfen ihnen, optimistisch in die Zukunft zu blicken: Für alle Probleme auf der Welt gibt es eine Lösung, deswegen kann eigentlich gar nichts schief gehen – wenn man lesen kann.

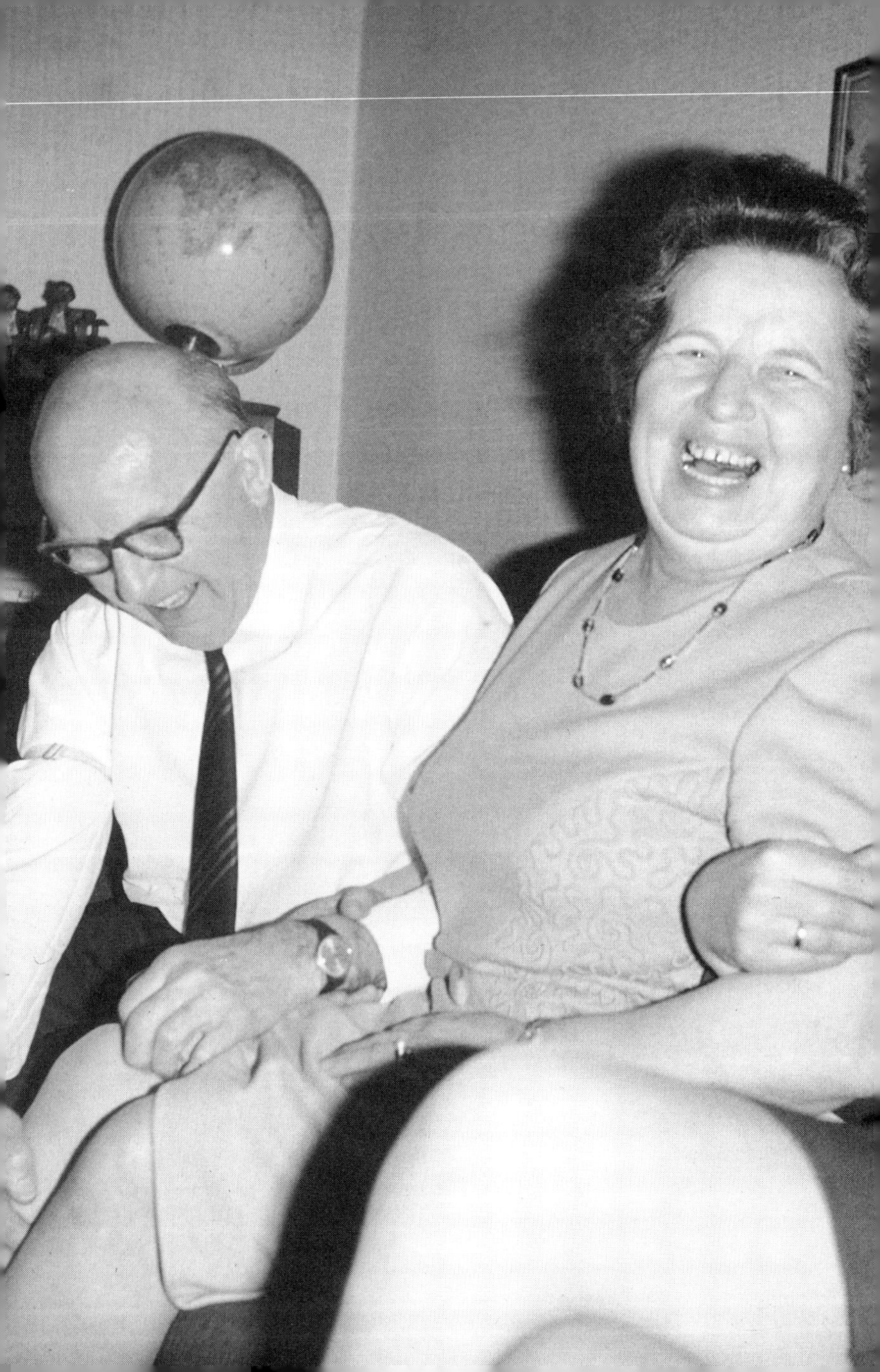

Lustige Menschen

Zum 23. Februar, dem Tag der Sowjetischen Armee und der Flotte, der bei uns in der Familie seit 1957 gefeiert wird, bekamen meine Frau Olga und ich von meinem Vater eine hochsensible elektronische Waage geschenkt.

»Du wolltest doch immer alles genau wissen«, erklärte mein Vater strahlend, »mit dieser Waage werdet ihr neue interessante Erkenntnisse darüber gewinnen, wie schwer bzw. leicht jedes Familienmitglied ist!«

»Aber an solchen Erkenntnissen sind wir gar nicht interessiert, wozu soll das gut sein?«, wandte ich ein. »Wir haben bisher immer ohne diese Erkenntnisse gelebt und fühlen uns eigentlich ganz wohl.«

»Du verstehst das nicht, es ist toll, einfach toll!«, japste mein Vater, »nimm die Waage, probier es aus! Deine Mutter und ich haben viel Zeit auf diesem Gerät verbracht, ich weiß also wovon ich spreche.«

Wir hatten keine andere

Wahl und nahmen sein Geschenk dankend entgegen. Gleich am ersten Abend setzten wir das Gerät ein. Ich wog 78,5 Kilo, meine Frau 51,2 Kilo, unser Sohn Sebastian 16,3 Kilo, unsere Tochter Nicole 21,8 Kilo und unsere Katze Marfa wog 3,6 Kilo. Zehn Liter Milch und ein Kilo Bananen aus dem Netto-Supermarkt brachten 11 Kilo und 800 Gramm auf die Waage. Sebastian mit unserer Katze und seinem Schwert wog 20,4 Kilo, Nicole mit Bananen und Waschpulver 21,4. Olga, ich und Marfa zusammen – 134,9 Kilo, Sebastian ohne alles im Sprung 29 Kilo. Abends bekamen wir Besuch, unsere Freundin Katja (57,2 Kilo) schaute bei uns vorbei. Sie brachte zwei Flaschen Wein (1,2 Kilo) mit. Später kam auch mein Freund und Kollege Helmut Höge. Wir tranken zusammen einen Wodka und Helmut (73,4 vor dem Wodka, 72,9 nach dem Wodka, 86,0 mit Sebastian) fand unsere neue Beschäftigung ziemlich dämlich.

Doch unsere Familie befand sich eindeutig im Waagewahn. Laut unserer elektronischen Waage änderte sich unser Gewicht alle fünf Minuten und war von allem Möglichen abhängig, vor allem davon, wo die Waage gerade stand. War sie unter dem Fensterbrett im Gästezimmer nahmen sofort alle ab, stand sie im Korridor, nahmen alle zu. Grundsätzlich waren wir vormittags leichter und wurden gegen Abend immer schwerer. In den nächsten drei Tagen wogen wir so ziemlich alles, was man auf die Waage bringen konnte, und planten den ultimativen Coup: Wir wollten endlich wissen, wie schwer unsere gesamte Familie wirklich ist. Es war nicht leicht, vier Menschen und eine schwangere Katze auf einer so kleinen Fläche zu platzieren, trotzdem haben wir es geschafft. Die Zahlen auf der Waage flatterten hin und her, sie erschienen und verschwanden sofort wieder. Dann zeigte sie uns eine Zahl: 888,8. Das kann ja wohl nicht wahr sein, meinte meine Frau und hatte wie so oft Recht. Die Waage streikte. Sie hatte anscheinend von uns die Nase voll und zeigte jedes Mal 888,8, wenn jemand von uns sich draufstellte.

»Sie ist überarbeitet und muss sich erholen«, meinten die Kinder, doch die Waage wollte sich nicht mehr erholen. Im Gegenteil, es wurde nur noch schlimmer. Bald zeigte sie schon 888,8 an, wenn nur jemand in ihre Nähe kam. In ihrer Überheblichkeit, in ihrem ständigen Drang, immer alles zu wiegen, hatte sich die Waage anscheinend übernommen und selbst kaputtgemacht. Man darf nicht immer alles ganz genau wissen wollen. Wir mussten sie wegwerfen. Meinem Vater sagten wir nichts davon.

Menschen und Einheimische

Noch in der Pubertät beginnt der Mensch nach den Gründen seines Unglücks zu suchen und wird dann schnell in seiner Umwelt fündig. Das verfluchte Land und die idiotischen Zeitgenossen sind schuld. Er will weg; neue unbekannte Welten entdecken, am besten solche, wo immer die Sonne scheint, wo exotische Pflanzen wachsen und goldene Fische im Wasser vor sich hin glitzern. Dort wird er aber jedes Mal mit Eingebore-

nen konfrontiert. Sie erfüllen eine wichtige Mission: Höflich, freundlich und unkonventionell zeigen sie dem Neuankömmling, wie dumm es von ihm war, auf die Idee zu kommen, dass es anderswo anders sein könnte. Das Einzige, wodurch sich die Eingeborenen von den eigenen Landsleuten unterscheiden, ist, dass sie gerne fotografiert werden. Ansonsten wollen sie einem alle genau wie zu Hause stets die Früchte ihrer Arbeit andrehen, die keiner haben will. Und hier wie dort klagen sie über die Arbeitslosigkeit und wollen bloß weg.

»Wo kommst du her?«, fragen die Eingeborenen.

»Aus Deutschland? Mein Bruder fährt Taxi in Frankfurt«, sagt dir ein Inder in Bombay.

»Deutschland? Kennst du die Sparkasse in Leipzig? Die habe ich gebaut«, erzählt dir ein Portugiese stolz.

»Deutschland? Da muss man so viele Alimente zahlen, auch wenn man die Frau nicht mal angefasst hat«, beschwert sich ein Italiener in Neapel.

»Deutschland? Hitler kaputt!«, lächelt ein Sibire in Irkutsk.

Zermürbt von den allzu zahlreichen Kontakten mit Eingeborenen kommt der Mensch irgendwann zu der Erkenntnis: »Niemand auf der Welt kann einen so köstlichen Eintopf zubereiten wie meine Oma«, und glücklich fährt er nach Koblenz zurück.

Menschen und Schrankwände

Viele Freunde von mir klagen, dass ihre Schrankwände und Bücherregale zu klein sind. Aber wir haben jetzt eine neue, größere Regalwand, sogar ohne vorher geklagt zu haben. Als unser Freund Helmut Höge zu Besuch kam, sagte er als Erstes:

»Oh, ihr habt eine neue Bücherwand?«

Auch er wünschte sich schon lange eine größere, aber seine Freundin war dagegen. Da ich das wusste, ging ich auf seine Frage auch nicht weiter ein, nickte nur und stellte ihm ein Glas Wodka hin. Meine Frau Olga war jedoch gerade am Einräumen der Bücher und CDs sowie unserer Souvenirsammlung aus aller Herren Länder: Die alte Bücherwand hatte auch als Hausaltar gedient, nachdem wir allen religiösen und pseudoreligiösen Nippes auf einem Regal konzentriert hatten. Und

das so hoch, dass unsere Kinder nicht drankamen. Meine Frau fragte nun unseren Gast immer wieder:

»Ist das nicht eine tolle Bücherwand, die Karsten uns gemacht hat?«

Helmut bejahte das und stand sogar auf, um das Holz zu befühlen. Es war gehobelte Fichte.

»Die Fachböden sind schön dick«, lobte er unsere Neuanschaffung, »die biegen sich wahrscheinlich selbst bei den Blauen Bänden nicht durch.«

Ich erklärte ihm, dass sie zudem gut verleimt und mit Holzdübeln befestigt waren. Es klingelte – unser Nachbar Martin stand vor der Tür. Er wollte nur mal vorbeischauen. Als Erstes musste er ebenfalls die neue Bücherwand loben, dann bekam auch er ein Glas Wodka eingeschenkt. Nachdem wir auf den neuen Einrichtungsgegenstand angestoßen hatten, erzählte Helmut eine Schrankwand-Geschichte aus Westberlin: Dort, so sagte er, hätten die Leute wie überall im Westen, wenn sie sich eine neue Schrankwand angeschafft hatten, sich und die Schrankwand erst einmal fotografiert. In Westberlin hätte man dann oft noch ein zweites Foto gemacht – für die Verwandtschaft drüben im Osten. Es hätte hier sogar Leute gegeben, versicherte Helmut, die sich regelmäßig vor neuen Schrankwänden hätten fotografieren lassen, obwohl die ihnen gar nicht gehörten. Bei Möbel Hübner zum Beispiel. Nur damit ihre kommunistisch gewordene Sippe in der DDR von Neid zerfressen wurde. Ein Ostler hätte ihm mal erzählt, dass er gleich nach dem Mauerfall zu seinem Onkel in Zehlendorf gefahren wäre. Der hätte ihm zwanzig Jahre lang regelmäßig Fotos von seinem Heim und den jeweils neu angeschafften Möbeln geschickt. Weswegen er im Osten immer gedacht hätte, dem Onkel müsse es unglaublich gut gehen. Aber als er dann dort ankam, stellte sich heraus, dass der Onkel mit seiner Frau ganz

bescheiden in einer Sozialwohnung lebte und ihre halbe Wohnungseinrichtung vom Sperrmüll stammte. Trotzdem wäre es dann noch ganz gemütlich geworden.

Auch Martin hatte eine Schrankwand-Geschichte auf Lager, eine aus dem Osten. Sein Vater, so erzählte er, hätte im Elektroapparate-Werk in Treptow gearbeitet, und dort in der

Nähe hätten sie auch gewohnt. Just als seine Mutter mit Martin schwanger war und bereits in der Klinik lag, bekam der Vater einen Anruf aus dem Möbelwerk Zeulenroda: Seine Schrankwand, die er vor neun Monaten bestellt hatte, wäre jetzt da, er könnte sie sofort dort abholen.

»Zeulenroda liegt in Thüringen, und mein Vater besaß nur einen Trabant ohne Anhängerkupplung, außerdem konnte bei meiner Mutter jeden Tag die Geburt losgehen. Was tun? Da kam mein Vater auf die rettende Idee: Er fuhr nach Karlshorst und marschierte dort in die Kaserne der Roten Armee. Am Tor bat er den Wachsoldaten, ihn beim Dienst habenden Offizier anzumelden. Dem erzählte er dann sein Problem. Und der Major sagte: ›Morgen früh um sechs fährt ein Lkw nach Thüringen, da können Sie mitfahren, der Fahrer macht dann auf dem Rückweg einen Schlenker nach Zeulenroda.‹ Am nächsten Tag fuhr mein Vater mit vier Soldaten los. Abends trugen sie ihm dann sogar die Schrankwandteile zu uns in die Wohnung hoch, außerdem halfen sie ihm beim Zusammenbauen. Dieses Möbel gibt es übrigens noch heute. Als ich 1992 zu Hause ausgezogen bin, hat meine Mutter ganz traurig gesagt: ›Jetzt bleibt uns nur noch die Schrankwand.‹«

»Wirklich, das hat sie gesagt?«, unterbrach ihn meine Frau Olga und sah plötzlich zweifelnd erst auf unsere neue, nun vollständig eingeräumte Bücherwand und dann auf unsere zwei Kinder im Alter von drei und fünf Jahren. Auch unsere beiden Gäste wurden immer nachdenklicher. Ich blieb jedoch cool. Später, als die Besucher schon lange gegangen waren, kam aber auch ich ins Grübeln. Gibt es vielleicht so etwas wie ein Gesetz vom tendenziellen Fall der Schrankwand?, fragte ich mich.

Menschen, die einander knipsen

In der sowjetischen Schule wurden wir Kinder über die gesellschaftlichen Werte mithilfe eines Poems des berühmten russischen Dichters Wladimir Majakowski aufgeklärt. Sein Werk mit dem umfassenden Titel *Was ist gut, und was ist schlecht* mussten wir in der vierten Klasse sogar auswendig lernen. Einige von uns können sich noch immer gut an ein paar Zeilen aus diesem Gedicht erinnern. Ich zum Beispiel. Vor allem an die Stelle, wo ein kleiner Junge zu seinem Vater kommt und ihn fragt: »Was ist gut, und was ist schlecht?« Der Vater klärt den Jungen auf, ohne groß darüber nachzudenken: »Wenn ein Junge Arbeit liebt / geht zur Schule fleißig, / wird er dann zum guten Mann« – auf Russisch: zum »Choroschij Maltchik«. Des Weiteren fragt der kleine Junge seinen Vater, ob es bei einem guten Mann eine Rolle spiele, für welchen Beruf er sich entscheide. Nein, meint der Vater, das sei in dem Fall vollkommen schnuppe, Hauptsache man schufte gern: »Alle Berufe sind toll, / wähle dir nur einen aus, / und mach was draus«. So sprach der Vater zu seinem Sohn und Majakowski zu uns.

Meine Eltern konnten Majakowski aber nicht beipflichten. Mein Vater hatte oft zu Hause von seiner »Scheißarbeit« gesprochen. Und beide waren sich mir gegenüber einig: »Wenn du weiterhin so schlampig lernst, wirst du eines Tages als Straßenkehrer enden.« Mein Freund Andrej wurde von seinen

Eltern mit Worten wie »Bauarbeiter« und »Herdenhüter« regelrecht terrorisiert.

Ich hatte damals eigentlich gar keine Angst vor einer Karriere als Straßenkehrer. Ich kannte nur einen, mit dem Spitznamen Marx, weil er sich nie rasierte. Er war Alkoholiker und ein Hedonist höchsten Ranges. Jeden zweiten Tag lag er im Busch hinter dem Kinderspielplatz, oft saß er aber auch vor dem Busch mit der Verkäuferin, einem heißen Feger aus dem Lebensmittelladen nebenan, und trank mit ihr zusammen Flaschenbier. Mit einem Besen in der Hand habe ich ihn nur an hohen Feiertagen gesehen.

Trotzdem konnten wir Majakowski keinen Glauben schenken, weil wir immer unsere Eltern vor Augen hatten, die alle mit ihren Jobs mehr oder weniger unzufrieden waren. Jeder hätte am liebsten irgendetwas anderes gemacht. Doch in der Sowjetunion war es nicht leicht, eine zufrieden stellende Arbeit zu finden: Es gab im ganzen Land nur einen Arbeitgeber – den Staat. Deswegen kümmerten sich die Erwachsenen oft mehr um ihre Hobbys als um ihren Broterwerb. Bei meinem Vater war die Naturfotografie eine solche Leidenschaft. Menschen, Häuser, Sehenswürdigkeiten interessierten ihn nicht. Stattdessen knipste er fast ausschließlich Vögel, Tiere und Insekten. Immer wieder ging er auf Fotojagd in den Wald und kam oft mit guten Bildern nach Hause zurück. Mehrmals fotografierte er unter lebensgefährlichen Umständen einen verwilderten Ziegenbock, fast das einzige Tier in unserem Wald. Es kannte meinen Vater schon und ging jedes Mal auf ihn los, wenn die beiden sich trafen. Deswegen waren die Bilder immer etwas unscharf und erinnerten an eine Corrida.

Trotz des Tiermangels gab mein Vater nicht auf. Er besaß alle Fotoapparate, Vergrößerungsgeräte und andere Utensilien, die man bei uns auftreiben konnte, außerdem tauschte er lau-

fend mit anderen Verrückten Mikroobjektive gegen Makroobjektive oder umgekehrt und suchte nach immer neuen Einsatzmöglichkeiten für seine Ausrüstung. Einmal kaufte er auf dem schwarzen Markt eine besondere Optik, die aus dem wissenschaftlichen Institut zur Erforschung des Universums stammte. Mit dieser Optik wollte mein Vater eine Fotoserie aufnehmen: »Die geheime Welt der Moskauer Ameisen«. Zu diesem Zweck grub er mitten auf einem Gehweg in der Nähe eines Ameisenhaufens eine Grube, die ihm als Beobachtungsposten dienen sollte und in der sich dann mehrere Radfahrer des Bezirks beinahe das Genick brachen.

Für seine Leidenschaft gab mein Vater eine Unmenge Geld aus, aber etwas mit der Hobby-Fotografie zu verdienen, kam ihm nicht in den Sinn. Eine selbstständige Tätigkeit war im Sozialismus verpönt. Erst Jahre später, im kapitalistischen Berlin, kam er plötzlich auf diese Idee. Er hatte sein gesamtes technisches Arsenal einem Bekannten gezeigt. Der fragte meinen Vater daraufhin, ob er nicht Lust habe, bei der Hochzeit seiner jüngsten Tochter, die in einem russischen Restaurant stattfinden sollte, zu fotografieren – für hundert Euro. Am Hochzeitstag packte mein Vater seine Fototasche und machte sich auf den Weg. »Der erste Schritt in die Selbstständigkeit«, bemerkte meine Mutter dazu. Sie machte sich über ihren Ehemann lustig.

Erst am nächsten Morgen kam mein Vater nach Hause zurück. Er war angetrunken und sehr aufgeregt, hatte aber die Fototasche noch bei sich. Die Hochzeit hatte anscheinend großen Eindruck auf ihn gemacht. Er müsse sofort den Film entwickeln und die Fotos in das Restaurant bringen, meinte er, denn die Feier würde noch mindestens einen Tag dauern. Mit diesen Worten schloss er sich im Badezimmer ein, das ihm vorläufig als Fotolabor diente. Ergebnis seiner mehrstündigen

Dunkelkammerarbeit waren vier interessante Bilder. Auf einem Bild war der verwilderte Ziegenbock aus dem Moskauer Wald zu sehen. Der Film hatte offenbar seit acht Jahren in der Kamera gesteckt. Die anderen drei Bilder stammten von der Hochzeit. Auf einem saßen zwei Dutzend Leute am Tisch und schauten auf die Teller, auf dem zweiten Bild war der Busen der Braut in Großformat zu sehen.

Auf dem letzten Bild sah man erstaunlicherweise meinen Vater. Er lächelte einer molligen Dame zu, als würde er ihr gerade einen Witz erzählen. Wie dieser Schnappschuss zu Stande gekommen war, konnte mein Vater nicht erklären. Meine Mutter betrachtete die Fotos und empfahl ihm, das mit den Hochzeiten sein zu lassen und sich in Zukunft wieder mehr auf Ameisen zu konzentrieren. Ich fand die Bilder jedoch authentisch, originell und unglaublich gut.

Menschen, die Vögel füttern

Mit dem Zerfall des Sozialismus in der Sowjetunion Mitte der Achtzigerjahre wurde die Miliz mit immer neuen, früher unbekannten Verbrechen konfrontiert. Besonders viel Mühe gab sie sich bei der Ausrottung illegaler Videoklubs und der Drogenszene. Zu dieser Zeit kam der erste sowjetische Videorekorder namens *Elektronika* auf den Markt, nur leider gab es keine Filme dazu. Die sozialistische Planwirtschaft hatte wieder einmal versagt. Die Filme konnte man nur im Ausland und auf dem Schwarzmarkt erwerben. Das Geschäft mit illegalen Videovorführungen florierte. Jemand, der einen Videorekorder und dazu einen Film besaß, lud Bekannte und Unbekannte zu sich ein und kassierte für seine Vorstellungen Eintritt. Es war gegen das Gesetz, aber eine kriminelle Handlung war schwer nachzuweisen. Die schlaue Moskauer Polizei entwickelte jedoch ziemlich schnell eine wirksame Strategie. Wenn sie einen Tipp bekam, dass irgendwo heimlich ein Film gezeigt wurde, stellte sie den Strom im ganzen Haus ab. Dann ging sie nach oben, um den Betreiber des Videoklubs auf frischer Tat zu ertappen: Ohne Strom bekam man nämlich die Kassette nicht mehr aus dem Gerät.

Damals ließ sich fast jeder Film aus dem Westen als entweder pornografisch oder politisch einstufen, und dafür gab es Knast. Deswegen musste zum Beispiel mein Freund Andrej, der sich gerne mit Freunden Filme anschaute, seinen Videore-

korder mehrmals aus dem elften Stock werfen, bevor die Polizei ihn sicherstellen konnte. Langsam entwickelte sich bei ihm diese Vorsichtsmaßnahme sogar zu einem Reflex. Jedes Mal, wenn der Strom in seiner Wohnung ausfiel, schnappte er den Videorekorder und rannte auf den Balkon.

Die Videoszene hatte die Moskauer Polizei bald mehr oder weniger im Griff. Bei der Drogenbekämpfung lief dagegen oft

etwas schief. Das Hauptproblem bestand darin, dass die meisten überhaupt nicht wussten, was richtige Drogen waren und wie sie aussahen. Die sowjetischen Drogen-Freaks mussten sich ihre Drogen selbst beschaffen, also zu irgendwelchen Mohnplantagen fahren und den Saft aus den Mohnköpfen sammeln. Deswegen konnte das fertige Produkt wie ein Stück schmutziges Toilettenpapier oder auch wie Watte oder Binden aussehen. Und das russische Gras sah oft wie Tabakpflanzen aus.

Immer wieder kam es zu Fehlschlägen auf Seiten der Ordnungshüter. 1986 ging ich einmal mit einer großen Tüte Perlgraupen – auf Russisch »Perlovka« – in der Hand zum Mahn-

mal für die Verteidiger von Brest, um dort Tauben zu füttern. Man könnte denken, alle Tauben unseres Bezirks lebten in dem riesigen Denkmal aus Stein, einige legten sogar ihre Eier zwischen die Verteidiger der Festung. Plötzlich wurde ich von einem Mann in Zivil angesprungen. Er sah Furcht erregend aus, mit einer Narbe quer über das ganze Gesicht und Handschellen in der Hand. Der Mann drehte mir den Arm auf den Rücken, riss mir den Beutel mit Perlovka aus der Hand und schrie wie verrückt: »Marihuana, Marihuana!« Zuerst dachte ich, es ginge ihm nicht gut, doch als ich Plastikhandschellen an meinen Händen sah, wurde mir klar, dass ich in eine Drogenrazzia geraten war. Sehr unwillig ließen die Polizisten mich nach zwei Stunden wieder frei, nachdem sich auf der Wache herausgestellt hatte, dass ihre Beute gar kein Rauschgift war. Ich bekam meine Perlgraupen jedoch nicht zurück. Den Mann mit der Narbe habe ich Jahre später zufällig in einem Moskauer Spielsalon wieder getroffen, wo er anscheinend als Sicherheitskraft untergekommen war. Ich fragte ihn, ob er noch wisse, wie er mir hinterhergelaufen sei und »Marihuana!« geschrien habe, doch der Mann leugnete den Vorfall und wollte sich an nichts mehr erinnern.

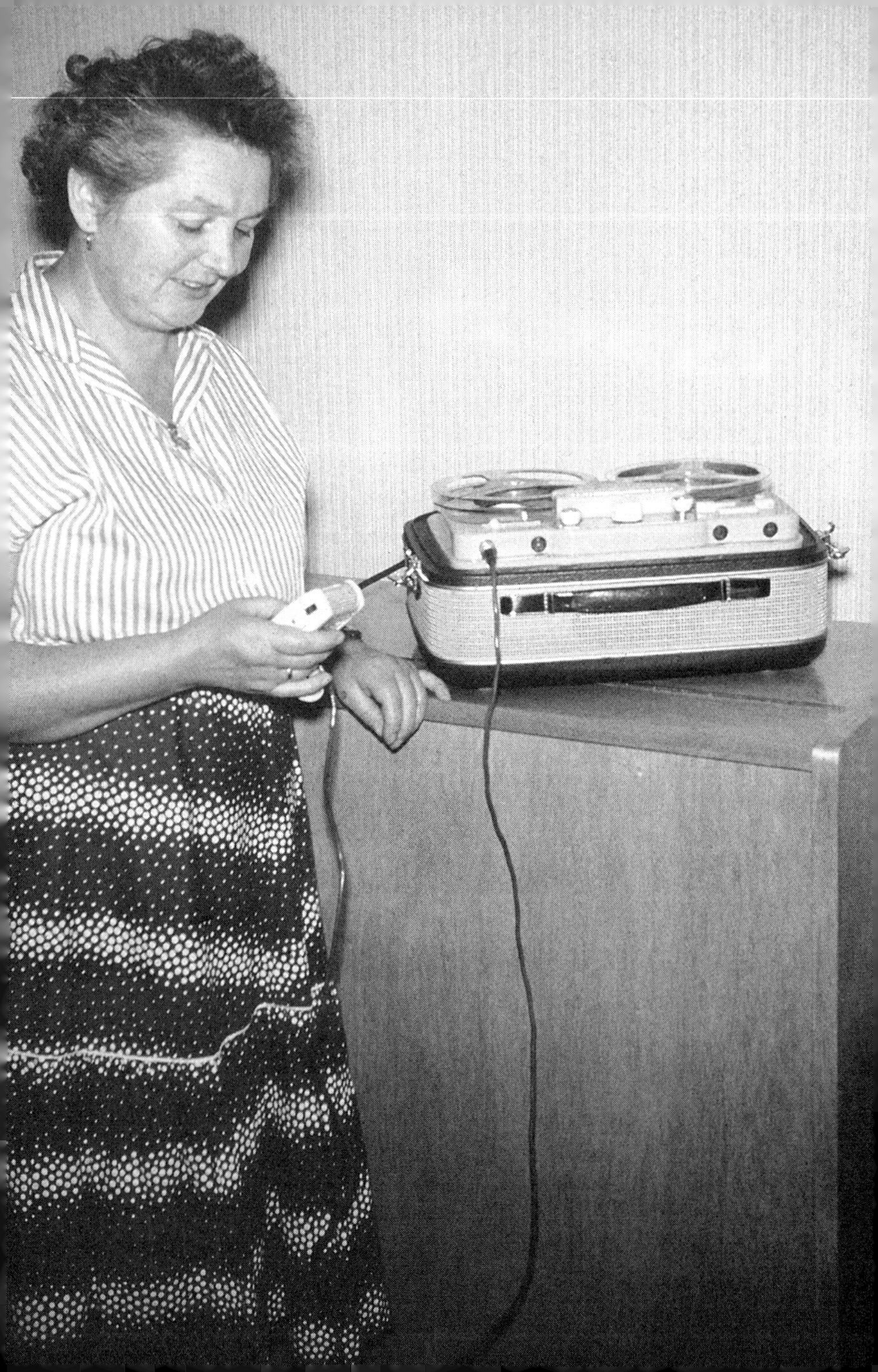

Menschen, die einander interviewen

W. K.: »Was ich Sie immer schon mal fragen wollte: Wieso sammeln Sie eigentlich Dias – Bilder von wildfremden Menschen?«

H. H.: »So etwas Ähnliches wollte ich Sie auch fragen: Warum schreiben Sie immer nur über Menschen, die Sie kennen?«

W. K.: »Aber das ist doch klar: Wie kann ich eine einigermaßen vernünftige Geschichte über etwas schreiben, das ich nicht kenne.«

H. H.: »Ich habe 1988 angefangen, bei Trödlern Dia-Sammlungen aufzukaufen. Damals ging es mir nicht besonders gut, eine Freundin wollte mich aufmuntern und schleppte mich zu einem Trödler. Die Dias waren das einzig Interessante dort. Ich kaufte einen ganzen Waschkorb voll für fünfzig Mark. Niemand sammelt so etwas, weil die Dias mit der Zeit von Bakterien zersetzt werden. Als ich sie mir dann zu Hause angesehen habe, kamen sie mir seltsam bekannt vor. Die Leute auf den Bildern hätten auch aus meiner Familie sein können. In den Fünfzigerjahren, als die Westdeutschen mit der damals noch sehr teuren Fotografiererei anfingen, taten sie das fast ausschließlich im Urlaub. Und ihre Urlaubsreisen waren sich alle sehr ähnlich: Zunächst ging es immer nur nach Österreich in die Berge, wahrscheinlich weil es das einzige Land war, wo man sie nicht als Nazis beschimpfte. Dann weiter in den Süden, zum Beispiel nach Italien, und schließlich überallhin, bis nach Grönland und

Feuerland. Die Fotoausbeute eines durchschnittlichen Ehelebens umfasst etwa fünf- bis zehntausend Dias. Ich habe inzwischen eine Viertelmillion. Und wenn Menschen drauf zu sehen sind, ist es meistens die Ehefrau. Es sind fast immer die Männer, die knipsen. Und nichts wird so häufig auf der Welt fotografiert wie Frauen. Theoretisch gibt es unendlich viele Einstellungen, praktisch jedoch nur ganz wenige: Frauen am Auto, am Geländer, an der Säule oder beim Vögelfüttern. Dieses reduzierte Leben hat mich so fasziniert, weil es mir so bekannt war und ist.«

W.K.: »Leben die Dias wenigstens länger als die Menschen?«

H.H.: »Die Menschen auf den Dias sind fast alle tot. Ihre Wohnung wurde schließlich ausgeräumt, und so landeten die Bilder ihres Lebens beim Trödler und schließlich bei mir. Ich fühle deswegen eine Art Verantwortung für das Letzte, was von ihnen übrig geblieben ist, wobei ich die Geschichte jetzt jedoch umdrehe: Eigentlich ist die Frau oder ab und zu auch der Mann bloß auf dem Bild, um den Vordergrund auszufüllen. In Wirklichkeit ging es dem jeweiligen Fotografen um den Hintergrund: den Berg, das Denkmal, das Schloss, den Strand, den Sonnenuntergang, was auch immer. Mich interessieren dagegen diese Urlaubs-Highlights nicht. Es ist mir egal, ob sie Thailand oder Sylt zeigen. Mir geht es um die Menschen. Worum geht es Ihnen denn bei Ihren Geschichten?«

W. K.: »Bei den ersten Geschichten bestand der Reiz darin, für längst vertraute Lebenssituationen eine neue, literarische Form zu finden. Wobei ich mir eingebildet habe, der Alltag bekäme dadurch eine unheimliche Tiefe und der normalerweise unsichtbare Hintergrund unsres Lebens würde so transparent. Schritt für Schritt habe ich dabei ein neues, geschriebenes Leben entdeckt. Auch meine Lektüre hat sich dadurch verändert. Das geschriebene unterscheidet sich von dem gelebten Leben dadurch, dass es immer einen Anfang und ein Ende hat und dass alles sehr übersichtlich wird, weil es auf einem Stück

Papier Platz findet. Langsam hat sich das Schreiben bei mir zu einer regelrechten Sucht entwickelt. Ich entferne mich zunehmend vom wirklichen Leben und lebe immer mehr im Geschriebenen. Als ich Ihre Dias gesehen habe, ist mir klar geworden, dass sie meinen Geschichten viel näher sind als die Realität, über die ich schreibe. Die Menschen auf den Fotos wirken einerseits so fremd, wie von einem anderen Planeten, und andererseits hat man sofort das Gefühl, sie zu kennen.«

H. H.: »Das macht das Ritualisierte, die Posen, die wir alle beim Geknipstwerden einnehmen. Zum Beispiel hält man sich fast instinktiv an einem Geländer fest, um locker oder lässig dazustehen. Gleichzeitig steht dahinter aber auch eine große

Erfahrung, zumindest bei den Ehefrauen: Dreißig oder vierzig Jahre lang müssen sie ständig für ihre Männer den Vordergrund abgeben, posieren: Die können das aus dem Effeff, und sogar, wenn ihnen gar nicht danach ist, lächeln sie noch gekonnt.«

W. K.: »Mittlerweile werden ja Urlaubsdias immer mehr von Videos abgelöst. Werden Sie trotzdem weitersammeln?«

H. H.: »Bevor das Video kam, haben sich die Dia-Motive in den Sechzigern und Siebzigern noch einmal stark vermehrt, weil man jetzt auch Feste, die Wohnung, die neue Schrankwand und Ähnliches fotografiert hat. Meine jüngsten Bilder stammen aus den Achtzigern. Ich könnte jetzt immer weitersammeln, trotz Video, aber da greift inzwischen das Gesetz der abnehmenden Ertragslage.«

W. K.: »Heißt das, Sie bekommen keine wirklich neuen Bilder mehr?«

H. H.: »Ja, die Posen sind nahezu komplett. Den einzigen Ausweg aus dieser Beschränktheit sehen die Diaknipser glaube ich in der Pornografie. Und da stehen sie dann über kurz oder lang vor demselben Problem: Auch hier gibt es nur eine begrenzte Anzahl von Stellungen.«

W. K.: »Das sehen die immer zahlreicheren Sex-Ratgeber aber anders.«

H. H.: »Ich denke, dass die den Käufern da nur etwas vormachen. In Wirklichkeit sind sie auch ratlos. Die Welt ist nun mal alt und übel, und es gibt vorläufig keine neuen Posen oder Wünsche.«

W. K.: »Ich bin froh, dass wir alle Fragen zum Thema ›Alltag‹ gelöst haben. Nun können wir uns anderen Dingen zuwenden.«

Leider war es uns auf Grund der Natur des Projektes nicht möglich, das Einverständnis aller Rechteinhaber einzuholen. Wir bitten die Betroffenen, sich ggf. mit dem Wilhelm Goldmann Verlag in Verbindung zu setzen.

WLADIMIR KAMINER

»Es gibt drei Arten, die Welt zu sehen: die optimistische, die pessimistische und die von Wladimir Kaminer.«
Frankfurter Rundschau

»Starke Nerven sollte auf jeden Fall haben, wer Kaminer in der U-Bahn oder im Café liest, weil sich die Leute dauernd nach dem hysterischen Gekicher umdrehen werden.«
Brigitte

Russendisko
Erzählungen · 192 Seiten · Taschenbuch · 3-442-54175-1

Frische Goldjungs
Hrsg. von Wladimir Kaminer
Erzählungen von Wladimir Kaminer, Falko Hennig, Jochen Schmidt u.v.a.
192 Seiten · Taschenbuch · 3-442-54162-X

Militärmusik
Roman · 224 Seiten · Taschenbuch · 3-442-45570-7

Schönhauser Allee
Erzählungen · 192 Seiten · Taschenbuch · 3-442-54168-9

Die Reise nach Trulala
Erzählungen · 192 Seiten · Taschenbuch · 3-442-45721-1

Helden des Alltags
Mit Fotos von Helmut Höge
Erzählungen · 160 Seiten · Taschenbuch · 3-442-54183-2

Mein deutsches Dschungelbuch
Erzählungen · 256 Seiten · gebundene Ausgabe
3-442-54554-4

Ich mache mir Sorgen, Mama
Erzählungen · 256 Seiten · gebundene Ausgabe
3-442-54560-9